新機動戰記鋼彈W 冰結的淚滴

NEW MOBILE REPORT GUNDAM W Frozen Teardro

隅沢克之

6 悲嘆的夜曲（下）

Kadokawa Fantastic Novels

封面插畫／あさぎ桜、KATOKI HAJIME
插畫／あさぎ桜、MORUGA
日版裝訂／KATOKI HAJIME

悲嘆的夜曲

MC檔案4（上篇）

「──『Who are you?』

毛毛蟲吐了一口水菸的煙這麼問。

愛麗絲回答不出來。

今天早上的自己和剛才至今的自己完全不同。

『I'm not myself, you see?』

──我不是我自己，你知道的──

『I don't see』

毛毛蟲一臉困擾，回答不知道。

愛麗絲知道毛毛蟲總有一天會化蛹成蝶。到時候，毛毛蟲想必也沒辦法立刻說出自己現在是誰吧？

——自己的情況，就跟這情形一樣——

『Who are you?』

毛毛蟲又問了跟一開始同樣的問題。

愛麗絲感到有點不耐煩，她覺得在問別人之前，應該要先表明自己的身分才是，便說出了這個看法。

毛毛蟲對著水菸管，吹出一堆堆的泡泡說：

「『Why?』——」

取自路易斯．卡洛爾《愛麗絲漫遊奇境》

毛毛蟲與愛麗絲的對話

MC-0022 NEXT WINTER

我一直在奮戰。

每次，我都會抹殺自己的內心

所以我的內心早就一無所有。

或許自己根本沒有活著的價值。

從過去直到未來，我一直是毫無意義的存在。

如果有人問我是誰，我都這麼回答：戰爭工具──兵器──

這答案不上不下，差不多就是這樣吧。

兵器如果無人使用，就失去了價值。

就跟路邊隨處可見的石子一樣。

將這種石子拿起來擲向敵人，就是人類最原始的兵器：「飛石」。

石子本身應該從未想過要成為兵器。

某一天，突然有一群人來到「平和的荒野」作戰，將那裡變成了「戰場」，並開始將無依無靠，聚在當地的我們當作兵器運用。

根本無法抗拒。

無從選擇。

不管是石子還是我，都只能接受當下的情況。

就只能在這個喚作「戰場」的血腥舞台上，不斷扮演「小丑」表演。

每殺死一個人，原本存在於我面具下的「什麼」就會消失。

笑容、喜悅、憤怒、溫柔、悲傷，甚至是恐懼，都從我身上消失不見。

自孩提時代起，我就什麼也不是。

沒有名字可報，無時無刻不戴著面具已經成了理所當然的事。

現在的我，好吧——就姑且叫我「T博士」吧。

我跟著凱瑟琳一起移民火星，是在MC14年的第一個夏天。

就因為「在三分之一的引力下表演馬戲團特技，應該會很有意思」這麼一個無謂的理由。

這麼說的凱瑟琳，一開始也沒有考慮太多吧。

這顆行星中，固執己見的傢伙多到令人吃驚。

這並非什麼壞事，但要是走錯方向，事情就會一發不可收拾。

差不多從ＭＣ16年起，火星聯邦政府就開始配備ＭＳ（Mars Suit）到軍中。

就從這時開始，陸海空開始飄散著一股令人厭惡的火藥味。

渴望流血的嬰兒，竟然拿到了這種充作玩具的新型兵器。

雖然我可以放著不管，但就是無法忍受又會出現跟我一樣失去內心的人。

這迫使我下定決心——

我開始說服凱瑟琳回去地球。

她沒有必要陪著我做今後我要做的事情。

「我一直憎恨著戰爭……這點往後也不會改變。」

「那妳更應該要回到地球。」

「莉莉娜．德利安曾經這麼說——和平並不是由別人所給予。」

凱瑟琳溫柔地微笑。

「就算轉過身逃避不看，像你我一樣，因為戰爭而遭遇不幸的人還是會不斷增加呀。」

「不，我從未感覺自己不幸。」

「我要是不在，你就沒有地方可以回去了。」

「…………」

我和凱瑟琳兩個人就此開始杜絕戰爭的志工活動。

我必須準備ＭＳ（Mobile Suit）當作抑止ＭＳ（Mars Suit）的力量。

雖然不合我的喜好，但就對抗聯邦軍的手段而言，我也想過取得ＭＤ（Mobile Doll）的方法。

但是位於火星軌道上的自動工廠「火神」已經在諾恩海姆康采恩的管制之下，不能輕易下手。

只能自行重新打造ＭＳ與之對抗。

而且要以少數精英行動。若能得到鋼彈尼姆合金所製成的MS「鋼彈」就最好不過了。

鋼彈是反抗象徵的終極兵器。

當時地球圈統一國家派去滅火的人（預防者），似乎也有相同的想法。

有一天，知道我們存在的張五飛傳來請求協助的訊息。

他要我們到北極冠的預防者基地。

「膽怯柔懦的弱者想要引起戰端。一旦這顆星球化為『戰星』，其戰火總有一天將會擴及地球圈。」

五飛的說話方式還是一樣唯我獨尊。

「如果這就是時代趨勢，那不也就只能接受了嗎？」

我從不說內心話。

但這小子自然知道這一點。

「可以與之對抗的，就只有已經有所覺悟的士兵。」

「……然後也就是需要『鋼彈』吧……」

我們決定聯手行動。

只是重新打造「鋼彈」是條困難重重的路。

之前的資料已經全數銷毀。

瑪莉梅亞起事之後的所有戰鬥兵器資料，都被預防者徹底地銷毀。

事實上我也參與其事，現在當然也就沒什麼立場抱怨了。

靠著當今電腦的分析能力和我們的記憶所建成的資料，總算是勉強完成了硬體的基本設計，但由於缺少必要的軟體，就連機械手臂的一根指頭也動不了，這點已在CAD模擬中知悉。

光是只有硬體，就像沒有頭腦的空殼——駕駛員的棺材一樣。

鋼彈根基所在的軟體就是如此高超。

或許是因為我的內心已然空無一物的關係。

總而言之，以我們的知識、技術與精神力，鍊製鋼彈尼姆合金就已經讓我們用盡心力。

我們面臨了無法超越的高牆。

充滿那五位科學家非比尋常機智的獨創電腦架構和尖端的技術已臻至完美境界，我們不可能重現。

機體編號：XXXG-00W0——

代號「飛翼鋼彈零式」。

機體編號：XXXG-01W——

代號「飛翼鋼彈」。

機體編號：XXXG-01D——

代號「死神鋼彈」。

機體編號：XXXG-01H——

代號「重武裝鋼彈」。

機體編號：XXXG-01SR——

代號「沙漠鋼彈」。

機體編號：XXXG-01S——

代號「神龍鋼彈」。

這些全都是光彩奪目，極致完美的機體。

我想到如果是由這些科學家設計而成，可說是鋼彈後繼機的「麥丘留士」和「拜葉特」或許可行，於是就實際著手實驗。

但事與願違……不，應該說是可想而知吧。

實驗馬上就觸礁了。

在CAD模擬中，程式判斷不到五分鐘，機體就會失控自爆。

我無法接受，但也無計可施。

在這種時候，最好是轉換一下心情。

所以我到了熙來攘往的街頭，扮起了街頭藝人。

我在面前放了一頂小帽子，默默扮演一個小丑。

表演的是一齣默劇，要拿起一件無論如何都拿不動的無形公事包。

表演內容是虛構的公事包漸漸變大，不管怎麼推或拉都不會動，最後整個人就被公事包壓倒在地。

區區如我的演技，也藉此賺了點小錢。

經過了幾天，有名男子向我搭話：

「你真的挺厲害的呢。」

男子露出令人懷念的笑容。

「好久不見了，特洛瓦。」

「……你都沒變呢。」

「彼此彼此……我想請你喝杯蒸餾酒，肯賞光嗎？」

不單純把酒稱作「酒」，也不講白蘭地或是威士忌，而是稱為「蒸餾酒」，這點確實是卡特爾的作風。

而且還不能是果子酒或啤酒這類釀造酒。

我們走進了大街上的咖啡廳。

坐到櫃檯前座位後，卡特爾要了一杯蘭姆酒，我則是叫了一杯單桶原酒。

為重逢乾杯之後，卡特爾才將酒杯湊上嘴，他就立刻醉了，開始脫口發牢騷。

「人生真是難啊……想要平凡地生活更是不容易……」

「是啊。」

「我總有種隨著年齡增長，罪孽也會隨之深重的感覺。」

「生活就是一連串的奮戰。和平主義是無法生存的。」

「…………」

「要走到目的地，就應該不畏烈日風雨，不斷地走下去。」

「沒錯……你說得對。」

臉紅了起來的卡特爾，將話題轉到剛才的默劇。

「我問你，特洛瓦，那件無形的行李有什麼意義嗎？」

「不知道。」

我從來沒想過這種事情。

就重量而言，是有設定是件裡面裝滿了石子的公事包，但如果硬要附加意義上去的話，或許裡面放的是「命運」吧。

或許是「人生」也說不定。

但不論是哪一種，我可一點也不想被壓倒。

「那件行李，我看起來像是『鋼彈』呢。」

從以前就是如此，這個人會突然帶入其他方面的話題。

「我小時候建造過『鋼彈』。」

卡特爾過去曾經建造出飛翼鋼彈零式。

「不過那並不是我建造的，而是由憎恨和復仇心所建造。」

意思是他的心中同時有著「創造神」和「破壞惡魔」嗎？

「那是瘋狂和奇蹟的產物，我已經不可能再建造了……」

從他的話聽來，我可以大致了解他的意思。

「你跟五飛見過面了是吧？」

「嗯……我會全力協助。」

卡特爾的話，重點而言就是——

幾個月之前，在溫拿家擁有的資源衛星老舊機庫中，發現了被分解庫存的「鋼彈尼姆合金製ＭＳ」。

這些機體分別稱作「白雪公主」、「魔法師」、「普羅米修斯」、「舍赫拉查德」。

這四架機體是在地球圈的史藏館和拉納格林共和國的圖書館均無紀錄，屬於「被暗藏在黑暗中的歷史」的「第二次月面戰爭」中所使用的機體。

建造者自不待言，就是那五位科學家。

據說知道此事實的預防者便聯絡上卡特爾。

而張五飛還請託卡特爾完成那些機體。

卡特爾的贖罪意識比我們任何人都要強烈。

他便把溫拿家的經營工作委託給姊姊，自己接下了這件工作。

然而就像是無可避免似的，建造工作並不順遂。

卡特爾似乎因為這件事又產生了很重的責任感。

我衷心想要幫助他。

雖然我的內心早就空無一物。

「或許我從未理解『軟體』這種概念。」

「因為我們都是駕駛員。」

卡特爾將還有超過一半蘭姆酒的酒杯舉到眼前說：

「釀造蒸餾酒時，不可或缺的是釀酒師。」

「釀酒師？」

「就以最高級的愛爾蘭威士忌舉例吧……」

他滿臉通紅，卻眼神冷靜地繼續說：

「要釀造這種酒，就算再怎麼齊備詳細完美的釀造法、一樣的材料（大麥和水等）和一樣的工具（酒桶和泥炭等），也釀不出同樣的味道。」

這點我情感上可以理解。

種類近乎無數的蒸餾酒，味道全都各有不同。

就算是同一種品牌，也會因為年代和所裝瓶子大小而截然不同。

「釀造愛爾蘭威士忌的首席釀酒師要管理原酒，從調製到蒸餾過程都須一手控管，並嘗試各種不同的調製方式，品嚐其中香氣和味道，再封裝儲藏。他們甚至要預測到數十年後的未來，最後才能作為產品在市面上推出。」

確實是呢，那些科學家就像是超級優秀的首席釀酒師一樣。

這樣的比喻，比起去理解軟體工學的論文要來得簡單易懂多了。

既然如此——

「我們就成了倒這種最高級威士忌的酒保是嗎？」

「兵器」終究只有破壞用途，要求我們「創造」，或許就是強人所難。

「可能吧。」

我用來自嘲的話，竟輕易地受到肯定。

卡特爾又沾了一口蘭姆酒。

「因為最高級的威士忌，就要有最好的供應者，才能發出原本的味道。」

怎麼看都是個不會喝酒的人，接二連三地談論著酒經：

「如何選擇酒杯、冰塊切割方式、酒的倒法、攪拌的次數和速度，甚至是以這種酒製作雞尾酒，都要運用數倍的知識和各種技術而能提供給客人，這確實跟我們很像也說不定。」

在聽著卡特爾的淵博論述時，一種不著邊際的不安感刺痛了我。

「卡特爾……這件工作可以讓我也插手幫忙嗎？」

「太好了……我一直在想要怎麼自己開口呢，特洛瓦。」

「我已經捨棄『特洛瓦．巴頓』這個名字了。」

「我也是！現在對外都稱作『W教授』！『W』就是溫拿的W，飛翼的W。」

「那就叫我『T博士』吧。」

「我知道了……」

我和W教授在克里斯海的地下工廠分工合作展開組裝工作，並投入目前最新的技術，開始著手改良。

我負責的是「普羅米修斯」和「舍赫拉查德」。

W教授著手自行創作軟體，並於六年後的MC22年（換算成地球曆，等於一下子就過了十二年以上的時間），完成「白雪公主」和「魔法師」。

至於我負責的「普羅米修斯」和「舍赫拉查德」，這時候還處於只完成了80％的狀態。

預防者的張老師問過我，一架機體花費這麼長的建造期，會不會太長了。

其比較對象是那些天才科學家，或許也是莫可奈何的事。

他們一個人僅僅花了我們三分之一的時間，也就是四年內就完成了新機體。

試作的零號機「飛翼鋼彈零式」是在AC186年設計，但基於過度的戰鬥能力和建造過程的高額成本而遭到擱置。

後來——到了AC190年，便完成了「白雪公主」等的試作一號機。

接著在四年後的AC194年，完成了型號「XXXG-01」的一號機，隔年就斷然執行了「流星作戰」。

幾個月之後，他們五位非比尋常的科學家便遭到「ＯＺ」逮捕，並以僅僅不到兩個月的時間，完成了「麥丘留士」和「拜葉特」。

雖說是合五個人的力量完成，但其優異的技術力令人驚異。

唯一殘存的鋼彈機體，是在ＭＣ21年第一個冬天時發現的。就在火星聯邦首任總統米利亞爾特遭到暗殺之後。

這架機體就是被祕密藏在拉納格林共和國內的「次代鋼彈」，其基本設計資料也儲存在ＺＥＲＯ系統的記憶體中。

預防者成功駭入取得資料後，張老師便以此資料為依據，開始著手建造「哪吒」，在花費了大約一年的時間後完成建造工作。

這徹底打擊了我。

但因為是特列斯．克修里納達所設計，軟體自然截然不同。

即便如此，同樣身為鋼彈駕駛員，我沒想到我們跟他會有這麼大的差距。

仔細一想，那傢伙在那時候（AC195～196年）和我們相比，單獨行動的時間要長得多。

想必他在激烈戰事的中間，就是自己一個人著手整備神龍鋼彈和二頭龍鋼彈（兩者皆稱為「哪吒」），並費盡心力琢磨每一個零件。

而今天他堅定己念建造新機體——白色次代鋼彈（這架機體也稱作「哪吒」）的無比精神力，令我為之欽佩。

我們還有件工作必須完成。

就是尋找搭乘機體的駕駛員。

我們成功讓W教授的妹妹卡特莉奴·伍德·溫拿和無名氏加入。

麥斯威爾神父通知我們，他開始訓練其兒子迪歐。

張老師則向我們報告，已經將冷凍冬眠在冷凍艙的「睡美人（希洛·唯）」移往預防者的北極冠基地。

駕駛員的人數已經到齊。

剩下的就只是完成機體，執行「神話作戰」而已了。

從一開始就沒有由我們駕駛的選項。

無論做了多少改良工作，我們都已經應付不了操縱機體所必要的反應速度。

或許再從基礎重新訓練起，也不是不可能的事。然而就算如此，也會有可承受駕駛時間過短的問題。

還是必須有與「睡美人（希洛・唯）」相當的身體能力和精神力才行。

讓卡特莉奴帶走尚未完成的「普羅米修斯」，這確實是不小的打擊。

我們讓那個無名氏……現在取名為特洛瓦・弗伯斯的小子動身追捕。

在顧慮各方面可能性之後，又請人在預防者北極冠基地的希洛・唯和迪歐・麥斯威爾前去攔截。

而我們（凱瑟琳和W教授）也坐上潛水航母「修富克2」前往克里斯海。

就我們的計算，這艘船將可以與從北極冠基地出動的高速氣墊艇「VOYAGE」夾擊。

卡特莉奴與特洛瓦交會的地點，是在奧林帕斯山的山腳下。

她準備了四十架「馬格亞那克」來擊退我方的追捕人員。

火星聯邦軍擁有W教授過去的支援機「馬格亞那克隊」的RMD（Replica Mobile Doll），是在我們的預測範圍內。

因此我們也已做好準備，用「白雪公主」和「魔法師」應戰。

但最後還是讓卡特莉奴將「普羅米修斯」送上火星聯邦的大型氣墊運輸艇逃走。

看來她預測戰況的能力更勝我一籌。

不管是弗伯斯的追捕，還是希洛．唯和迪歐現身當地的情況，這一切都在她的掌握之中。

我不知道當時的細節如何，但能將凱瑟琳親手訓練的弗伯斯玩弄於股掌間，已足以令人驚歎。

真不愧是W教授的妹妹。

但是我的個性可沒有消極到會因為這點打擊就放棄追捕。

我猜想火星聯邦的大型氣墊運輸艇會直接從奧林帕斯山前往埃律西昂島，但他們走的卻是繞往北極冠的路線。

我無法理解他們的行動。

雖然無法確切掌握情況，我方仍持續追蹤。這時候，拉納格林共和國的傑克斯．馬吉斯上級特校出動了「次代鋼彈」和「比爾哥Ⅳ」。

幾乎在同一時間，我們接到張老師已經以「哪吒」動身迎戰傑克斯的報告。

出乎預料的情況還不只如此。

希洛和迪歐也駕駛「白雪公主」和「魔法師」加入了戰局。

更糟糕的是，火星聯邦軍的空降師團出現在奧林帕斯山的上空。

五百架無人飛行型Mars Suit已布陣完畢。

對張老師等三人和傑克斯居然準備了如此龐大的部隊，迫使我們也必須前往支援。

難道這次的空降部隊猛攻行動，是為了阻止我們追捕的對策嗎？

抑或是要從我們身上奪走所有機體的兩面作戰？

如果是，那我們就太小看卡特莉奴這個少女了。

雖說在其身後的娜伊娜或米爾，也有可能才是深謀遠慮的策略家……

不，不可能。

卡特莉奴的行動和空降部隊的布陣是方向完全不同的思考方式。

大軍壓制的時機並未和他們連成一氣。

如果要如此大規模的布陣，那應該一開始就在奧林帕斯山的山腳下等待會比較妥當才是。

只有出色的謀士或愚者，才想得出這麼缺乏協調的包圍網。

想來是藉由監視衛星發現拉納格林共和國內有「次代鋼彈」飛了出來，火星聯邦軍才連忙派軍的吧。

這令我有一瞬間想放棄奪回「普羅米修斯」，但後來的發展使我打消了念頭。

在我們到達戰場的時候，無人飛行型Mars Suit已經因為「天堂托爾吉斯」的出現而被消滅殆盡。

這是自號昔蘭尼之風的米利亞爾特使用「奈米守衛」的結果。

那個男人過去一直未歸屬到任何陣營，不斷獨自作戰。

我猜想這次應該也一樣。

一如預期，「白雪公主」和「魔法師」並未受到「天堂托爾吉斯」攻擊，平安地與我們會合。

我要張老師及特洛瓦·弗伯斯回到「ＶＯＹＡＧＥ」。

他們不能再參加我們的追捕行動。

因為兩人無論是肉體面或是精神面都已經超出極限。

若要說極限，迪歐和希洛也一樣，只是這兩個人如果不擺在身邊的話，沒人知道他們會闖出什麼事來。

幾分鐘後，那個吵鬧又好動的小子和異常寡言的問題少年便出現在艦橋。

「已經知道卡特莉奴的行蹤了吧？」

才一回來，迪歐就大聲地向周遭人宣洩自己的不滿情緒。

「搞什麼！為什麼要用這種破爛潛水艇去追啊？用『ＶＯＹＡＧＥ』不是快多

了嗎？」

抱怨起來頭頭是道這點，跟他老爸是一個模子。

我不理會這小鬼，走到睽違已久的希洛面前。

「希洛・唯，你總算來了。」

「特洛瓦嗎？」

他說出了我很久以前使用的名字。

雖然我認為自己已經不再戴面具，但希洛或許難以辨別其中的不同。

「希洛！太了不起了，你跟以前一模一樣呢！」

W教授高聲驚呼，並伸出手要和希洛握手。

「……是卡特爾？」

希洛只眨了幾眼如此說道，並不握手。

看來似乎已經極度疲倦。

「哈哈哈……我們都變了樣，也難怪。啊，你這個人沒必要是不握手的嘛。」

「…………」

「喂，大叔！不要忽視我啊！」

迪歐用更大的聲音叫喚。

「真是的！這艘破銅爛鐵真的有在追蹤嗎？」

「……喂……」

希洛向我和W教授說：

「可以管管那個爛東西的雜音嗎？」

希洛眉頭緊皺，一副很困擾的表情。

「這小子的聲音很吵。」

「沒錯……」

我回頭看向在我背後，雙手抱胸的凱瑟琳。

「可以嗎，姊姊？」

「我是沒什麼興趣……」

凱瑟琳說完，就朝迪歐一瞪。

「這不能算是管教，而是虐待了吧？」

「有愛心就沒關係。」

「希望我下手有拿捏好分寸……」

迪歐似乎是從凱瑟琳的眼神中察覺到了殺氣。

「想……想做什麼，大嬸──」

話還沒說完，這個囂張小子的臉就紮紮實實中了一擊。

身子輕易地飛出數公尺之外。

但是凱瑟琳流暢的動作並未就此收手。

她優雅地繞到希洛的背後，啪的一聲，一掌砍在脖子上。

「嗚……」

下個瞬間，希洛就失去意識，倒地不起。

「…………」

如我所預測。

雖然裝得有模有樣，其實這兩個人已處在連站著都很勉強的狀態。

「有手下留情嗎？」

W教授抱起昏厥的希洛問道。

「他有，但那邊那個因為口不擇言……」

從迪歐連話都沒能說完來看，或許已不能算是教訓，而是相當於私刑了。

「很痛耶，真是的！」

臉頰紅腫的迪歐站了起來。

「我看妳是女生，才會一時大意……」

這實在令我吃驚。

中了那一下而仍未昏倒，未來無可限量。

「哪有人會突然出手的啊！」

迪歐大步走了過來。

但是凱瑟琳面無懼色，更出聲恫嚇。

「先警告你，講話要小心點！叫我時，要叫凱瑟琳姊姊或是凱瑟琳小姐！」

迪歐睜圓了眼睛。

「下次要是說了不該說的話，你那氣嘟嘟的臉頰可會腫得像豬頭喔！」

「好……好啦……」

可能是體認到凱瑟琳語氣的認真，迪歐心不甘情不願地答應。

「放肆！要講『我知道了』！」

凱瑟琳為這次的教訓劃下了句點。

「我……知道了……」

迪歐低著頭，結結巴巴地說。

這小子居然挺老實的，令我意外。

「我這個人向來都聽女性長輩的話。」

「對匹斯克拉福特家的女性也一樣嗎？」

我略微調侃。

「怎麼可能！敵人就是敵人！」

「嗯……合格了。」

W教授將希洛安置到醫療艙之後，冷靜地分析：

「還是讓迪歐去吧。」

「嗯，在駕駛『魔法師』那麼久的時間之後，卻還能留有這樣的體力，我想應該沒問題了。」

「？」

不知是因為累積經驗夠多，還是神父的特訓出眾，迪歐的身體已經會自然而然地調配體力。

而他在遭到凱瑟琳拳擊時，能夠只受到如此傷害，也應該要視作他能在剎那間閃過力點，並做出紮實的緩衝動作才是。

或許他天生就具備了身體能力和動態視力方面的才能。

堪稱是與生俱來的戰士。

但是跟我完全不同。

跟W教授或卡特莉奴當然是完全兩碼子事。

而且我覺得也跟神父相異。

是哪裡少了一點呢……

還是哪裡多了一點呢？

那是什麼，又有什麼樣的不同，我現在還不知道——

「就那樣放著前輩(希洛)嗎？」

「那傢伙還沒有恢復到他以為的過去全盛期的能力。」

如果是原本的希洛．唯，就不可能被凱瑟琳拿捏分寸過的手刀打倒。應該在凱瑟琳才走到他半步前，就會立刻轉身出手反擊了。

就算是毆打迪歐的行動鬆懈了他的戒心，也太過大意了。

W教授鎖上醫療艙說：

「他的體力不應該才用了一次『ZERO系統』就這麼虛弱……看來長期冷凍冬眠畢竟還是造成了影響。」

如果在這樣的狀態下將「白雪公主」送上戰場，那麼或許一出現些微的失誤，就會發生像以前那樣自爆的狀況。

希洛．唯是我們最為重要的棋子。

他最好要多保重身體。

迪歐大眼圓睜，興致勃勃地說：

「那要是我殺了莉莉娜．匹斯克拉福特，也應該不會有人抱怨吧？」

「你不用擔心……你殺不死那女人。」

莉莉娜總統並不是那麼柔弱的人。

載運著普羅米修斯的大型氣墊艇，正從北極洋南下，前往阿卡迪亞海。

若航路直接往西的話，就會到達有著福雷克拉弗群島的埃律西昂海。

我要迪歐準備出動，並讓「修富克２」浮出水面。

披著黑色斗篷的「魔法師」已經站在甲板上。

『魔法師，檢查完畢！』

完成出發準備的迪歐傳來報告。

他高亢的聲音令人不自覺懷疑，這樣的精力到底是打哪兒來的？

W教授以視訊連線方式通知最新消息。

「迪歐，有十二架Mars Suit離開了埃律西昂島。全部是有人機……前來攔截的恐怕會是——」

『娜伊娜姊的「冷血妖精」嗎？』

「我猜是。」

『很好……算是夠格當我的對手！』

這小鬼真了不起。

他咧嘴笑得像是出現在圖畫書中的「柴郡貓」（註：《愛麗絲漫遊奇境》裡的貓，特色是咧著嘴笑，並能憑空浮現或消失）一樣。

就算是十二比一，他也絲毫不畏懼。

但是我必須提醒這個得意忘形，口出大話的小子一聲。

「聽清楚了，這裡的海域具有一種叫作『噴射洋流』的潮流，流速快又猛烈，再怎麼樣也不可以展開水中戰。」

『魔法師收到！』

「要發動ＭＳＳ（磁力沙塵暴）喔！」

『收到！』

「魔法師，請出發！」

『上工啦！』

罩著黑色斗篷的ＭＳ便隨著帶有磁力的沙塵暴一躍飛起。

其飛去的背影，看起來就像是張開了漆黑翅膀的蝙蝠。

我讓「修富克２」潛入海中。

艦橋上，Ｗ教授負責的是戰情分析，而凱瑟琳則是擔任戰鬥管制工作。

身為操縱士的我，一旦將操縱轉為自動，就幾乎無事可做了。

我的心情就像是成了艦長一般，整個人雙手抱胸，坐倒在椅子上。

Ｗ教授並沒有入座。

他以前就曾經說過，站著比較容易判讀戰況。

不消片刻，凱瑟琳就從索敵雷達發現機影。

「有一架機體從『冷血妖精』中加速飛出……其路線將會與迪歐相接觸。」

正面的主螢幕上還吹著沙塵暴。

該畫面是由潛水前射出的飛行型監視攝影機傳來的。

而映在雷達畫面上的，是駭入氣象衛星資料，並讓「ＺＥＲＯ」演算處理而成的數位畫面。

在我旁邊的Ｗ教授小聲表示：

「對方完全猜到了沙塵暴的動向。」

「或許是我們太高估那小子了也說不定。」

「或許吧。以此狀態而言，將會是娜伊娜·匹斯克拉福特占有優勢。」

「敵機辨識完成，是『紅心女王』！」

Ｗ教授猜得沒錯。

「依迪歐的個性，應該不會做出藏身在沙塵暴之中的舉動。」

「嗯，應該會歡欣鼓舞地往前衝吧。」

「你們都說對了。現在魔法師已從ＭＳＳ衝了出去！」

主螢幕的影像從沙塵暴切換。

接著畫面上就出現了於當地遭遇的女王和魔法師。

『喲，還好嗎，娜伊娜姊！』

魔法師的光束鐮刀閃電揮下。

紅心女王的光束劍紮紮實實地擋下了這一刀。

那把光束劍是輸出功率和大小比起光劍還要大的武器。

『嗯！好久不見了呢，迪歐！』

啪滋作響的火花向四周散去。

這兩架機體降落的地點，是福雷克拉弗群島中的一座小火山島。

魔法師行有餘力地架開了光束劍，退到可以劃出光束鐮刀圓形軌道的位置外。

『我是來處理雜事的。』

紅心女王將盾牌架到視線高度，防衛得滴水不漏。

『哎呀，這暴風一散開後，天氣還不錯嘛。』

她站的位置應該是可以剛好迴避的距離。

『真是個適合出外野餐的日子呢。』

要對付光束鐮刀，最好的方法就是在閃過第一次揮擊之後，迅速闖進該圓形軌道的範圍內，趁對方使出第二次揮擊前給予致命一劍。

娜伊娜看來正在計算行動的時機。

『這主意不錯！』

迪歐刻不容緩地進攻。

紅心女王便隨之快速後退，閃過了光束鐮刀的第一擊。

『我有帶三明治來喲。』

娜伊娜將位於肩部噴射器的噴射功率加到最大限度，以高速度闖入圓形軌道的圓圈範圍內。

『來一起吃吧？』

紅心女王筆直刺出手上的大型光束劍。

這一擊劃破了一部分的黑色斗篷。

但是迪歐的魔法師快到只留下殘影，躲過了這光束劍的一擊。

『有三明治？』

那敏捷的迴避動作值得稱讚。

而且迪歐繞到紅心女王背後的一連串動作，實屬精妙絕倫。

迪歐靈活運用了自動平衡器。

這速度如果是一般的駕駛員，就算是當場昏厥也不足為奇。

『那該不會是……？』

都已經繞到了背後，卻故意先出聲才大動作揮下鐮刀。

這下引起了爆炸，但破壞的卻是女王的盾牌。

『我親手做的喔！希爾妲修女教我做的！』

紅心女王一躍閃過了迪歐的攻擊。

魔法師跟著跳上空中。

火星的引力僅有地球的三分之一，這將雙方的跳躍力提升到驚人的程度。

『真的嗎？』

『我有騙過人嗎？』

女王發射出截擊用的內藏火神砲。

這攻擊就算命中，傷害也不大，但做為掩護使用就再合適不過了。

『裡面不但有包番茄……』

趁著這瞬間的機會，她揮出手中的光束劍。

『還有芥末和美奶滋喔！』

她把刺出的劍的輸出功率加到最高，讓劍延長到像長槍一樣，連續使出伶俐的「突刺」。

娜伊娜的操縱技術也很了不起。

她展現的直線突刺近身戰法，足以凌駕擅長圓形運動近身戰的魔法師攻擊。

雖說是改裝過的Mars Suit，也不可能在單挑時與魔法師對等抗衡。

所以想到要是她駕駛的是普羅米修斯，就不自覺令人冷汗直流。

話又說回來，能完全避過女王如此連續攻擊，迪歐的戰鬥力自然也是高水準。

但這是——

『糟糕，肚子餓到想殺人啦！』

如果沒有這句話時的評價。

光聽聲音的話，真的會覺得他們是在野餐。

『也有你喜歡的雞肉和火腿喔。』

『做得這麼豐富？』

不——

『今天可不是我的生日呀！』

『因為很久不見，所以才特別製作。』

在激烈的交手過程中還可以如此閒話家常，或許更應該加倍稱讚。

互有攻守的雙方機體再次落到火山島上。

還等不及機會到來，魔法師就先一步衝了過去。

『那好……我投降。』

迪歐口中這麼說，卻斷然以猛烈的速度動手攻擊。

『那麼，找個可以平舖墊子的地方如何？』

娜伊娜也一樣，她確實地預測到魔法師的攻擊節奏。

並以毫不拖泥帶水的動作精準迴避。

因此再也不可能有出其不意而得逞的機會。

『只要可以吃東西……我什麼地方都可以！』

『我討厭這種石頭亂成一堆的地方呀。』

紅心女王頓時將光束劍的動作從原本的直線攻擊，配合了光束鐮刀的動作，改成圓形運動。

當魔法師的光束鐮刀畫出８字弧形，光束劍便以無限符號（∞）的動作回擊。

『在孤兒院的時候，我們不也在瓦礫堆上吃過嗎？』

『那時我們是趁著禱告的時候，自己溜出去的吧。』

紅心女王將力道集中在兩個圓的交會處。

結果魔法師的光束鐮刀被這一下重重地彈飛出去。

『後來好像被修女狠狠地訓了一頓呢！』

雖然看不到駕駛艙內的表情，但從聲音仍可猜出迪歐依然行有餘力，且笑得像「柴郡貓」那樣。

魔法師從黑色斗篷底下又拿出另一把光束鐮刀。

娜伊娜在看到之後，不可能毫不動搖——

『修女的那招強悍的固定技……』

但聲音卻像是想到什麼好笑的事一樣，帶有笑意。

『那真的是有夠——痛的！』

迪歐再次攻擊。

女王也繼續應戰。

『那之後有再見過面嗎？』

『沒有，我得一直看管那個臭老爸。』

雙方兵器劃圓的動作越來越快速。

『啊，這麼一說，神父還好嗎？有沒有好好認真在工作？身體無恙吧？』

『好到讓人想要他早點進棺材呢！』

『哈哈哈，我就知道！』

當速度加到不能再快時，紅心女王的一擊，再次將光束鐮刀彈飛出去。

如此硬碰硬的兵器互擊，娜伊娜的女王面對迪歐的魔法師是占盡了上風。

『還記得耶誕節那天的事嗎？』

女王的光束劍看來直直刺中了魔法師。

但那機身只是道殘像。

『就是扮成可笑模樣的那次吧？』

魔法師瞬間移動到後方數十公尺處。

彈飛出去的那兩把光束鐮刀就在該處。

『那次真的很好笑呢。』

『光是想起來，就會笑到肚子痛啊。』

魔法師雙手各拿起一把鐮刀，擺出了二刀流架勢。

這次劃出的是雙重的8字軌跡。

『不是吧，你這個……只是肚子餓而已。』

以我來說，會覺得應該一開始就要使用這招，但迪歐或許是想將王牌放到必要時使用吧。

魔法師以忽左忽右的動作，靈巧地接近女王。

二刀流光束鐮刀的圓形軌跡毫無可穿入的空隙。

內圈和外圈有著微妙的交錯時機，難以掌握其節奏。

若是大意闖進其圓形軌道中，將會因為閃避不及而遭到肢解。

然而女王還是果敢地進攻。

她的「突擊」是前所未有的最高速度。

但是兩把光束鐮刀還是瞬間就交錯起來，將光束劍夾在其中間。

這次換成光束劍遠遠地飛了出去。

『啊——我肚子餓了——！仔細想想，我從早上開始就什麼都沒吃啊！』

『那你乾脆真的投降怎麼樣？』

紅心女王居然從肩部拿出了實彈型的火箭砲，對準魔法師。

要是在那樣近距離下發射，以不規則運動讓人產生錯覺的殘影或分身都將無用武之地了。

『好了，暫停！』

迪歐以視訊方式聯絡我們。

這小子真是令人難以置信。

由於他的通訊，讓「修富克２」的位置曝了光。

『T博士，這裡是魔法師！』

凱瑟琳看著雷達畫面上的反應叫道：

「有十一架機體朝向本潛水航母快速接近！」

「迪歐這一招還真是有趣呢。」

W教授燦爛地笑著。

「已辨識好最前面的兩架機體！分別是黑桃A和黑桃J！」

黑桃的A和J啊。

發給他們的牌，賠率還真是高呢。

再怎麼說，也是「BLACKJACK」嘛。

這兩架就機動力而言，在「冷血妖精」中有著最快的速度。

我有不好的預感。

『喂，T博士，回答啊！』

「怎麼樣？」

『我們想要暫時定一下「停戰協定」。』

「不行。」

迪歐才說完，我就立刻拒絕。

凱瑟琳接著說：

「後面四架機體也辨識完畢！分別是紅心8、方塊8、黑桃8和梅花8！」

「8的四條啊……」

W教授立刻否定了我的自言自語：

「那是大富豪的『8切牌』……不，他們想要引起Revolution（革命）也說不定。」

大富豪？是我所不知道的撲克遊戲。

「『Revolution（革命）』會使最強的牌變成最弱。以這個狀況來看，大概暗示了『JOKER』會變成最弱的牌。」

我嘆了一口氣。

「『JOKER』的圖案令人在意……」

「咦……？」

「圖案是『魔法師』嗎？」

「…………」

「還是『小丑』呢？」

W教授想了一下後，緩緩開口：

「大概兩者都是吧……」

MC檔案4（中篇）

我非得冷靜判斷才行。

必須以俯瞰視點觀察戰場，妥善判讀周邊的狀況。

我方拿出的牌為兩張「JOKER」——「魔法師」和「小丑」。

另一方面，冷血妖精的牌總共有十二張——分別是紅心女王、黑桃A和J、四條8，以及尚不明的五張牌。

目前魔法師與紅心女王的對戰不相上下，呈現膠著狀態。

「BLACKJACK」的兩架可變飛行型Mars Suit正高速飛向我們的潛水航母「修富克2」。

並且，雖然目前還有段距離，但海中則有四架可變水中型Mars Suit帶著「Revolution（革命）」的意味接近。

「結果，控制這個場面的人是迪歐呢。」

幾分鐘前，W教授感嘆地說：「還真是有趣呢。」看來指的就是這個狀況。

「想來他是故意在那個時機點和我們進行通訊。目的是將『二十一點』和『Revolution』分配到我們這邊，減輕自己的負擔。」

也就是說，那個小子是撲克的發牌者嗎？

所以大概就是他知道與自己對戰的對手——紅心女王是超乎想像的強敵，而把等會兒會交手的敵人分一半出去。

雖然我大可以事不關己地對W教授的話表示同意，但就被迫要幫忙擦屁股的我們而言，這真是件傷腦筋的事。

「教授，有沒有什麼好計策呢？」

我還是開口問了會白問的話。

「完全沒有。這點問題，博士才應該早就有盤算了吧？」

他反過來問了我不可能回答的問題。

「…………」

我沉默了半晌。

老實說，我根本毫無盤算。

我們的目的終究是「搶回普羅米修斯」，並不是「戰勝冷血妖精」。

不過無可爭辯的是，事實上這場戰鬥是為達成此目的而不可避免的過程，

既然如此，那麼僅以一架魔法師要與十二架Mars Suit為敵，於戰鬥戰術面而言，負擔就會過重，也顯得我的判斷過於天真。

那個叫迪歐的小子正是指謫了我判斷上的天真，並要我為這個誤判負責。

我也真是叫人小看了。

這時候，那小子應該正說著：「大叔，我們一起來流個汗吧！」之類的話吧。

如果是「希洛．唯」就絕對不會這麼做。

那傢伙的特質，就是會想一個人承擔所有事情。

會認定這是任務而挺身面對。

他身負高潔戰士的情操。

深切覺悟的內心絕不動搖。

但換成了迪歐，便會強迫我們發揮團隊合作精神，硬是塞了六架敵機過來，要我們應付。

我們幾乎是才剛剛認識，這小子居然顯得毫無顧忌。

不怕生也該有個限度。

況且又一點都不討人喜歡。

不，說是目中無人還比較貼切。

更別說一想到他在駕駛艙內，那副咧嘴笑得像是柴郡貓的模樣，感覺就會讓我湧出自己應該丟失已久的「憤怒」情感。

但我依然沒想到什麼用以渡過當下難關的神奇囊中計。

「收到——」

我站起身來，握住潛水航母的操縱桿，靜靜地說：

「本次作戰，從現在起一切情況都將在我的盤算內。」

我決定讓人見識見識，這副最差勁手牌「小丑」有多麼厲害。

「這才是T博士呢！」

凱瑟琳兩手一合，微笑道。

首先應該是要怎麼甩開「BLACKJACK」。

一旦思考這位賽局莊家，同時也是「發牌者」的迪歐會希望我們如何支援，答案就會自然而然地浮出。

那就是讓敵人將目標改到這邊。

既然已經得知潛水航母「修富克2」的位置，黑桃A和J肯定會前來使用深水炸彈攻擊。

如果緊急深潛，就算可以躲過第一波攻擊，但速度會因此降低，最後仍然會被海中聯合進攻的四條8逼到絕境，這點是再明白也不過。

動作比起這艘潛水航母靈活的可變水中型Mars Suit，想必會確實從前後左右撒下包圍網，阻絕我方的反擊機會。

如此一來——

浮出海面與「BLACKJACK」應戰，才可以更長時間地演出「丑劇」。

而到最後——

這場戰役將可能成為「拉鋸戰」。

當下雖然處在不利狀況，但總會有利於我方的時候到來。

唯有先維持在微妙的走鋼索平衡狀態，等待時機成熟。

就這次而言——雖然不合我的喜好，也只能選擇消極的對應方式。

而且我們手上還沒有走鋼索用的平衡桿。

這要歸咎於主導權全握在那個厚臉皮的小子手上。

而我們再過數十秒鐘，就要與「BLACKJACK」正面交鋒。

「仰角40度！修富克2，開始上升！」

我計畫一浮出海面就同時發射所有的防空攔截飛彈。

我不期待此攻擊可以打下對方。

只是想要先發制人，然後再看對手的反應。

但在我們離海面還有數十公尺時，「BLACKJACK」就先投下了為數龐大的深水炸彈。

對方投下深水炸彈的行動是正確選擇。

猛烈的衝擊震撼了我方。

有數發命中船身。

艦內劇烈搖晃，而我的手仍未曾從操縱桿上鬆開過。

不過在我一心維持穩定下，使得速度一瞬間降了下來。

上升的角度因此偏低，增加了遭到深水炸彈擊中的機率。

我不後悔。

這正是我的自重。

操縱螢幕上閃著紅點的中彈部位遂漸增加。

全都是我的責任。

「現在算是失誤嗎？」

W教授出聲提醒我掌舵不利。

我靜靜地回答：

「走鋼索是常有的事。」

我並不掩飾。

這也是我的自尊。

幸運的是，動力部位、飛彈艙和艦首魚雷管並未受損。

雖有數處中彈，我仍只管持續往上升。

我意識到自己的年紀。

今後不可能會再有給我彌補這次失誤的表現機會。

我體認到自己已經跟以前不同了。

修富克２終於衝出海面。

當下所處之處，是四周正炸起數道水柱的戰場。

艦身因海上猛烈的波濤而重重搖晃。

然而我仍勉強維持穩定，並射出所有收納在甲板內的飛彈。

沒有時間瞄準。

靠內側的兩發因為中彈的關係，飛彈艙口打不開，沒有發射出去。

這十發未設定目標的防空飛彈因此縱橫飛舞在昏紅的天空，劃出了形形色色的弧度。

我心中微微期待可以僥倖命中一發。

但對方不愧是黑桃A和J啊……

飛彈完全被閃過。

「嗯～可惜。」

W教授語氣平平地說。

聽起來，他從一開始就不覺得會命中。

「這肯定是我加油得還不夠努力吧。」

「…………」

這時候應該是要稱讚對方的技術吧，但我並沒有出聲糾正W教授。

不過問題在於「BLACKJACK」的下一步。

我立刻準備潛行。

這時，監視雷達螢幕的凱瑟琳出聲報告：

「黑桃A和J已反身離開戰鬥範圍。」

「是嗎……」

第二波是從海中來啊。

如果對方打算擊沉此艦，就應該要再轟炸一段時間才是。

第一波攻擊乾脆得令人意外。

不，或許該將其行動視為戰術表現。

我也從子視窗上的雷達螢幕上觀測到兩架「BLACKJACK」已經反身回去。

就戰術層級分析，他們的目的應該是在壓制「修富克2」的行動後，轉而於海中決勝負。

「我們上鉤了嗎？」

W教授出言詢問。

的確，「BLACKJACK」或許是為了讓我們浮出水面的誘餌。

「不，對我們來說是個機會。」

我早已胸有成竹。

原本我的目標就是四條8。

不管對方是「8切牌」還是「Revolution」，我本來就想要先收拾可變水中型Mars Suit。

「全速前進。」

我並不改成緊急潛行，而是直接以最大戰速在海面上前進。

我看到小小的太陽正沉入西南方的水平面下。

航向的前方是迪歐他們所在的無名火山島，再後面則是遙望可見的埃律西昂島。

「姊姊，請妳隨時通知我聲納的回應。」

「OK！包在我身上！」

將耳機緊抵在右耳上的凱瑟琳，回應得勁道十足。

W教授則一副心平氣和的態度。

「你打算就這麼向前突擊嗎？」

「嗯……」

W教授似乎已經看出我打算怎麼做了。

「我是覺得風險挺高的。」

「戰爭都有風險。」

「你這個人還是老樣子呢。」

「默默等待可無法改變這走鋼索的狀態。」

若是讓這艘大型航母修富克2進行潛行突擊，速度將會因為洋流的阻力而大幅滑落。

而且在海中戰鬥，會有遭到意外噴射洋流拖住的危險。

可猜測的另一種可能性，是黑桃A和J又反身回來攻擊，但我篤定這應該不可能發生。

因為有波及到四條8的危險。

那麼他們會返回到哪裡呢？

或許是另一張「JOKER」——「魔法師」那裡。

如果沒錯，那麼這就是我的致命傳球。

希望他能為自己對年長同事頤指氣使的態度稍稍感到後悔。

我已備妥了下一步。

「一號、二號管，填裝魚雷！」

凱瑟琳以聲納觀測到螺旋槳的轉動聲。

「四條8已在前方散開，向我方突擊！」

「教授，你認為對方會如何預測這艘船艦的行動？」

「這個嘛，如果照一般來判斷，或許會猜測我方將無謀地採取捨棄回避的自殺攻擊。」

「…………」

「但如果是冷靜的駕駛員，就會毫不畏懼地估算發射魚雷的時機。」

「對方要是認定自己是『Revolution』，那就是後者了。」

「嗯……他們會小看我們是最弱的『JOKER』，那樣就有機可乘。」

「重點就在第一次攻擊時，要如何躲避了。」

「希望對方不會命中。」

「放心，是我在操縱……」

W教授聽到這句話，語帶笑意地說：

「嗯，博士的身手當然無庸置疑，但事情總有個萬一。」

「………」

他應該是在指剛才上升時的操舵失誤。

真是老而不成。

明明年輕的時候，是個講話會烘托對方的人啊。

在前方散開的四條8，以一字形方式並列前進。

「聲納報告！敵方射出了八發魚雷！」

凱瑟琳態度從容地報告。

四條8射出了裝備在雙臂上的八發魚雷。

我方藉此得以斷定距離及地點。

「收到。」

我以龍捲風動作避開了八發魚雷，接著射出了兩發艦首魚雷。

「這次都確實躲開了……不愧是博士呢。」

龍捲風動作和發射時機是非常困難的操作手法。

雖然我並未期待他稱讚，但也應該還有其他說法可說吧。

不過現在沒空一一去回敬教授了。

「姊姊！」

聽到我的叫喚，凱瑟琳立刻放下耳機。

射出的兩發魚雷在「Revolution」前方爆炸。

這種魚雷叫作「有線式電子音響魚雷」，會產生高頻率超音波和為數龐大而範圍寬廣的氣泡，讓敵方駕駛員的視覺及聽覺失去功用。

若是原來的潛水艇，還可以立刻換上副聲納士，但可變水中型Mars Suit不可能辦到。

動作靈活歸靈活，但相對的就無法應對這種情況。

現在對方應該正在此海域的海面下驚慌失措吧。

一般的Mars Suit駕駛員會選擇浮出海面避難，但對方不愧是「Revolution」，似乎猜想到一浮出就會遭到狙擊，反而潛行到更深的海底。

想必是打算等到「聽覺」和「視覺」恢復。

這令我方有了數秒鐘的空檔。

「四條8同樣很優秀呢……我以為至少會有一架浮上海面。」

「一開始的火力全開確實發揮了嚇阻效果……完全在博士的掌握中呢。」

我已決定將這些調侃當作耳邊風。

無論如何，結果是好的。

現在可以一口氣從中央突破了。

我卸除了有線式電子音響魚雷的遙控線，將修富克2的速度加得更快。

先前的海域，這時橫過一道大範圍且快速又猛烈的噴射洋流。

這應該可以為我們爭取到數十分鐘的時間，對方才有可能斷定出我們的位置，並追上來。

小小的太陽就要沉入位於遙遠水平線的底下。

W教授瞇著眼睛看著那金色的光芒向我問道：

「應對作戰到此為止？」

「對……這次換我們先動手了。」

「那麼你有為『白雪公主』安排『七個小矮人』吧？」

「我當然早有準備……」

我回問：

「教授打算駕駛『白雪公主』嗎？」

「我可以解除希洛的生體反應鎖……就算是我，趴在甲板上開槍，應該還可以命中吧。」

撲克除了兩張「JOKER」之外，有時還會有什麼都沒印的備用「空白牌」。

而這種可稱作例外中的例外，就是什麼都沒有印的雪白卡片——「白雪公主」了。

我還準備了另一張牌，那張牌可能會變成高額的「累積賭注」，但也不能否定會變成得「丟牌」的可能性。

我沒打算在這時搭配莫里斯·拉威爾的「悼念公主的帕凡舞曲」。

「姊姊，迪歐呢？」

「他啊……」

我順著凱瑟琳的視線看向螢幕，頓時讓我啞口無言。

魔法師和紅心女王並沒有交戰。

迪歐和娜伊娜已離開駕駛艙，在機體的腳底下鋪上了野餐墊，一臉滿足地吃著三明治。

「可能是保存期限快到了。」

W教授露出微笑說。

「我還真學不起這把戲。」

「那一定是迪歐提高注意力的方式。」

「難怪他體力的調配那麼出色。」

我心裡想的是，看扁人也要有個限度。

凱瑟琳的不滿也現形於色。

「真不敢相信！那兩個人是敵對的吧？」

我也這麼認為，但仍面不改色地說出事實：

「不過據說曾在同一間孤兒院長大。」

「雖然是笑開懷地在吃，但眼睛沒有笑意。迪歐很可能是在等待『時機』到來。」

「時機？」

「太陽馬上就要下山了……」

除此之外，想不出有其他可能性。

教授以淺顯的說法告訴凱瑟琳。

「魔法師的本事，在晚上將能充分發揮。」

「可是娜伊娜．匹斯克拉福特應該也早就預測到這種事了吧？」

「這點似乎正是迪歐的特質呢。他會以『人與人的交往』為最優先，任何人都會不自覺照著他的步調走。」

「教授，請告訴我……」

光只是有交情這樣的說法，無法令人理解那樣的笑容。

「他們那樣的關係，要如何解釋呢？」

「我也不是很懂……」

W教授略微思索後說：

「我想一定就是『羈絆』吧。」

是這個啊。

那小子有，而我們沒有的東西。

即使互為敵人，即使身在戰場，也不會失去原本的關係——這是不可能的事。

過去我們一直致力於丟棄這樣的關係。

迪歐和娜伊娜正在談些什麼。

我將兩人的影像放到最大，並分成兩塊並列在螢幕上。

「他們在說什麼？」

「呃……迪歐說的是吃完三明治的感想：『啊～飽了飽了。好好吃。』」

教授擅長讀唇語。

「『美奶滋配上介茉真是太棒了。』『那太好了。』『雞肉加火腿果然還是最強的組合。謝謝款待。』『那差不多要再開始了吧？』」

W教授語調平淡地繼續說下去：

「『等一等，我這個人是不欠人情的。』『欠人情？』『我給娜伊娜姊看個好東西。』」

映在螢幕上的迪歐，拿出了不知原本放在哪裡的牛仔帽，並把帽子上下翻轉，給娜伊娜檢查帽子裡沒有藏東西。

「他說：『看，沒有暗袋也沒有機關』……」

接著他又拿出一頂頂的牛仔帽。

總共六頂，不，有七頂吧。

他把帽子橫向排成一列，就像是攤販在賣帽子似的。

「『那次的耶誕節……娜伊娜姊不是在禮物包裝上貼了兔子的貼紙嗎？我還留著喔。』」

迪歐就像是魔術師一樣，將剛才鋪在地上的野餐墊張開，輕輕地蓋在這些帽子上。

「他在唸：『嘰哩嘰哩呱啦呱啦』……看不出來在唸什麼。」

應該是隨口胡謅的咒語還什麼的吧。

他滿臉得意，是打算表演魔術嗎？

「『娜伊娜姊，妳猜「愛麗絲」想找的會是哪個呢？』『誰是「愛麗絲」？』『別裝蒜了，當然就是溫拿家的小姐啊。』他們這樣說，莫非……」

老實說我也吃了一驚，居然會在這時候出現卡特莉奴小姐的名字。

柴郡貓扮演的是「帽子商」。

紅心女王，還有愛麗絲？

一股無法完全解讀的不安感湧現心中。

「娜伊娜說：『太囉嗦了，兩邊一起來。』」

了。

迪歐一掀起墊子，每一頂帽子就突然蹦出了兩組長耳朵的布偶。

分別是白色兔子和褐色兔子。

布偶總共有十四隻，不，十五隻。嗯？十六隻……不對，數量變得越來越多了。

光是褐色兔子就已經超過了二十隻。

W教授讀著迪歐的脣語說：

「『愛麗絲想找的是「拿著懷錶的兔子」呢，還是「三月兔」呢？』」

「他說三月兔？」

這真是讓我慌了。

「教授，快啟動『白雪公主』！那小子沒有打暗號就打算直接開始！」

「知道了。」

教授如此回應後，就往機庫跑去。

現在我選擇相信這個說話刺耳但沒有惡意的同事。

原本應該要先發制人，卻反而又變成要被動反應。

接下來必須趕緊掌握戰況才行。

「姊姊！往我們靠近的其餘五架Mars Suit如何？」

「還無法辨識機體……咦？這五架沒有朝我們過來！」

先前的策劃一直以可能會發生的情況為前提，可是這小子的所做所為卻都太過突然了。

這小子在這個階段就開始發動「普羅米修斯搶奪作戰」。

實實在在是個目中無人的臭小子。

「三月兔」暗喻著瘋狂的發情期。

也因此，野放的褐色兔子不斷增加，從兩倍、三倍，直到無數的量。

七隻白色兔子數量並不增加，但卻直直朝著東邊的地平線一路奔到海上，最後消失。

完全被虛晃了一招。

不只是娜伊娜。

我也中了迪歐的魔術。

夕陽已經沉入西方的地平線。

夜晚的黑暗籠罩了火山島。

凱瑟琳以近乎慘叫的聲調叫道：

「特洛瓦！你看東邊天空！」

或許是心情大受動搖吧，她叫了我以前使用的名字。

「月亮……是滿月啊……」

火星東方的水平線——剛好是在白色兔子消失的地方，一顆不是弗伯斯也不是戴摩斯的地球衛星——MOON（月亮），那巨大的身影緩緩地升起。

光輝照耀火星夜空的滿月——這幅超脫常軌的畫面前所未見。

「姊姊，冷靜下來……那是魔法師做出的幻影。」

「可……可是……」

這時受風吹拂的雲橫過這顆月亮，讓四周頓時暗了下來。

這天體實在寫實極了。

但是為這畫面驚嘆的，就只有我們這些出生於地球圈的人而已。

這應該不是無意義的虛張聲勢吧。

一股超越憤怒，甚至形成厭惡的感覺襲上心頭。

「我是T博士！」

我聯絡了坐上魔法師駕駛艙的迪歐。

「或許是我想太多，但你該不是想要背叛吧？」

而且還用心地連我方的飛行型攝影機都用上「奈米機器」來破壞。

稍微仔細回想，就想到好幾點可疑跡象。

「你到底有什麼企圖？」

『嗨……還喜歡嗎？』

那像柴郡貓般不懷好意的面孔在黑暗中浮現。

看到那張臉，瞬間令我有種他正在為自己的奸計而竊笑的感覺。

「不要用問題回答問題……我再問一次，你有什麼企圖？」

『夥伴就是要跟滿月搭配啊……這可是我那臭老爸講的！』

有其父必有其子。

真是繼承到了無聊的基因。

就因為這個理由而搞爛了攝影機，是可忍，孰不可忍。

雖然會失去我的風格，但實在很想大聲叫他別鬧了。

然而以滿月為背景，站在火山島的頂端，身上黑色斗篷隨風飄逸的魔法師的英姿，看起來是既不祥又美麗。

在頭上交錯的兩把光束鐮刀，令人聯想到發出魔性光芒的邪惡吸血鬼眼睛。

紅心女王沒有任何動作。

娜伊娜．匹斯克拉福特或許是著了迪歐的魔術，正處在半痴迷的狀態。

不，我知道那個小子。

他想必已經讓娜伊娜藏身到某個安全的地方去了吧。

這個眼神得意的臭小鬼開口說：

『說穿了，人型兵器的戰法，關鍵就在有多麼瘋狂吧？一到了晚上，就是我的

天下啦！』

他講出了再理所當然不過的話。

我也有過因為這種價值觀而瘋狂的時期。

為了專精這樣瘋狂的機體，就要拋棄掉駕駛者的理性等感覺。

姑且不論別人如何看待，能夠不斷冷靜殺人的人，肯定也是個瘋狂的人。

換個方式說的話，把內心放空也是件十二分足以稱作瘋狂的事。

「不過……」

雖說如此，我仍然以通信器呼喚他。

我想要對他說點什麼。

這時有五架Mars Suit靠近了魔法師的身邊。

是一直未能辨識的其餘五張卡片。

『我走啦！Worst Night Dance就要開始了！』

凱瑟琳藉著駭入氣象衛星取得的資料，確認了機影而向我報告。

「已辨識到那五架Mars Suit的機體，是方塊A、梅花A。」

這時候又派出一對A啊。

「還有黑桃6、方塊6、梅花6！」

三條6。也就是成了葫蘆——不，「666」或許含有別的意思。

可能是合數中的史密夫數（註：是指在某個進位下，其各位數相加後的數字和，等於其質因數的數字和的總和），或是《啟示錄》中所述「獸的數目」也說不定。

此外，也或許是在暗示「莊家全部沒收」。這個規則倒是比較不尋常就是了。

凱瑟琳繼續報告：

「黑桃J和A從上空飛來！那個『BLACKJACK』回來了！」

還真如柴郡貓帽商所說，是場糟糕透頂的夜間舞會（Worst Night Dance）。

不，也許是聚集了獨眼傑克或惡魔的晚會。

無論是哪一種，魔法師的情勢肯定都糟透了。

再怎麼說，也不能讓迪歐一個人應戰。

「教授！還無法啟動白雪公主嗎？」

他沒有回應我的問話。

恐怕是尚未解開希洛設定的「生體反應鎖」吧。

說不定是希洛這小子以教授都無法解開的特殊密碼設了鎖。

雖然剛才大意失手，但畢竟是希洛．唯，這點防範還是有可能的。

三架A和黑桃J從天空逼近。

一對A加入了「BLACKACK」，形成四機編隊。

我記得方塊和梅花的A，分別是加強了速度的機體或是加強重轟炸的機體。

但看來對迪歐來說，是什麼都無所謂的樣子。

『好啦，開始吧！』

他的聲音實在充滿了活力。

下個瞬間──

無數的蝙蝠便從魔法師的斗篷底下振翅飛出。

數量多達數千數萬。

與這詭異的晚會恰好搭配。

接著，為數龐大並展翅高飛的黑影更往高處飛去，甚至遮住了那背離了火星的皎潔明月的光輝。

這群蝙蝠往可變飛行型Mars Suit的三架A和黑桃J衝去。

順帶一提，火星上並沒有野生的蝙蝠。

那也不是以複製技術繁殖而成。

而是以奈米機械組成，沒有實體的蝙蝠。

就算攻擊也無法破壞。

這魔術真是出色。

迪歐居然有如此的操縱技術，令人驚訝。

看來這個臭小鬼打算認真了。

在月光中，那四架編隊的Mars Suit看起來就像是被活生生的黑色羽絨布給蓋住了似的。

在遭到那無數蝙蝠纏住之後，他們將會無法操縱而墜落。

最後駕駛員就只有緊急逃生一條路可選。

才不過瞬間，就有四架退出了這場晚會。

『嘿咻！換你們啦！』

這句話還沒喊完，重裝陸戰型Mars Suit的三條6就迫不及待地向迪歐攻去。

他們開始從三個方向射出光束。

光束射穿了黑色斗篷。

魔法師一下子就向下墜落。

如此輕易就被打到，令人傻眼。

發出啪滋聲響與火花的披風蓋住了山上的岩石。

沉甸甸地。

只有披風……

其中並沒有ＭＳ的身形跡象。

三條6開始尋找失蹤的魔法師。

Mars Suit的駕駛員應該正在想，不可能在這麼明亮的月光下看丟吧？

但其實這亮度是騙人的。

實際上，天空應該更為漆黑無星，籠罩在深邃的黑暗之中。

「魔法師的黑暗（Warlock Darkness）」一路連到「奇境（Wonder Land）」。

『在這裡！在這裡！』

攻擊前，迪歐還故意出聲提醒。

在和紅心女王交手時也是一樣。

或許是我多慮，但那時的戰鬥是在預作準備嗎？

『在看哪裡啊？我在這裡！』

迪歐的聲音聽起來為數眾多。

三條6同時轉身往聲音的方向而去。

他們眼前出現了多達五十架披著斗篷的魔法師蓄勢待發。

『哼，可別說我仗勢欺人呀！是你們先以多欺少！』

那些機體當然也都是奈米機械產生的幻像。

由之前分裂擴散的三月兔化成了魔法師並列而成。

真身不可能是其中一架沒有披上披風的機體。

迪歐沒道理會幹下那麼粗淺的舉動。

更遑論在那滿布奈米粒子的戰場上，是不可能不披斗篷的。

那件帶帽子的披風除了特殊的隱身功能之外，也具有可遮擋超微型粒子機械的奈米守衛等能力。

也就是說，魔法師是在披風底下又披了一件披風嗎？

不，仔細一看，蓋在山上岩石上的披風已經消失不見。

或許從一開始就沒有在那上面。

實在囂張，就是要把人當傻瓜耍。

而且還是是技巧高超的超一流詐欺師。

『要上啦！』

這聲音聽起來，就像是有將近五十人的迪歐一起出聲。

三條6死命地以光束砲應戰。

奈米機械的魔法師一受到光束攻擊就炸了開來。

連那爆炸也像是真的一樣，模擬出誇大的閃光後便消失無蹤。

而在煙霧散去之後，又會在隱密的地方重生。

所以數量未曾減少過。

那些機體當然也不僅僅是幻影而已。

那是支尚能微弱進攻的大部隊。

三條6無法阻止部隊進攻。

再怎麼說，我方的手牌也是無限大的牌：「JOKER」。

不管什麼「牌型」都排得出來。

對方的光束砲已經沒有能源可用。

這些杵在山頂處的獸：Mars Suit，這時已經喪失了戰意。

就在這時，火山口附近突然出現一架魔法師。

『中——！』

三條6的機體頓時遭到砍劈切割。

兩把光束鐮刀劃出了美麗的圓形軌道。

切割的技術精良，刻意避開了動力部位和駕駛艙。

但是這招切割也要三架Mars Suit杵在現場才得以成功。

那小子就是在等這個機會嗎？

他很清楚戰場的進退之道？

也就是說——

真正的魔法師早就一直躲在火山的岩石背後。

表面上是遭到三方面射來的光束砲擊穿，但其實是一直留在現場，等待對方三架能源用完並失去戰意。

若真是如此，那麼他就是有著出色戰術眼光、詐騙技術及瘋狂技術的操縱者。

或許也算得上是個完美的駕駛員了。

不過——

我心中卻有著一個無論如何都無法抹去的預感。

三條6——猶如獸的機體，緩緩地倒在現場。

『抱歉啦！我的獵物並不是你們！』

就在迪歐大放厥詞時，我感覺自己內心擔心的事要成真了。

果然如此啊。

這時候──

有道通訊以一般頻道傳來。

『我是米爾．匹斯克拉福特……收到請回答。』

隸屬火星聯邦的大型氣墊運輸艇正往此處飛來。

那是我們一直在追蹤的船艇。

我不打算回答。

『哼，總算現身啦。』

駕駛魔法師的迪歐如此說道。

主螢幕的畫面換成了米利亞爾特和諾茵的兒子面孔。

這位文靜的青年就坐在氣墊運輸艇的駕駛艙內。

『現在開始，我將會演奏阿希爾．克洛德．德布西的貝加馬斯克組曲中的〈月光〉，敬請聆聽……不，敬請用心感覺……』

米爾突然就靜靜對著虛擬鍵盤，緩緩地彈起了鋼琴曲。

戰場上流響起極小聲的夜曲〈月光〉。

可能已遭到駭入，無法關閉艦橋上的艦內揚聲器。

「他在盤算什麼？」

凱瑟琳問了個直截了當的問題。

我當然不會知道。

但是米爾．匹斯克拉福特的演奏扣人心絃。

使我那原本空無一物的內心都因為不明的力量而激起了衝動。

鍵盤的琴音既綿延不絕又富有色彩。

與綻放虹彩光輝的一輪滿月相互呼應。

悲情旋律的高音部分乾淨而透澈。

給人寂靜的透明感。

未吻合樂譜指示的和音輕微走音、略微失調的節拍、節奏的少許錯拍，或許反而讓人感到舒服，讓幻想般的月夜景色變得更加魅惑迷人。

不可能存在於這顆行星的滿月，以及清澈見底的音色，在在打動在場的人心。

就在這時，有人以其他頻道傳來了通訊。

『我是卡特莉奴，各位。許久不見……好像也沒隔多久呢……畢竟我離開是才昨晚的事。』

螢幕上出現戴著護目鏡的卡特莉奴小姐那稚氣未脫的笑容。

『我從昨天晚上就一直在思索著各位的事……其實我真的不想和你們交手，希望你們能明白。』

這個時候，仍持續響著〈月光〉的動人旋律。

或許晚會已經來到了最後的高潮。

『我認為自己也應該也有祈求和平的資格！』

我感到自己已失去了理智。

心中的不安感益發增強，變得真切起來。

雖然都已有了盤算。

雖然心中再明白也不過。

『T博士……就請容我斗膽使用您建造的機體！』

一架MS從大型氣墊運輸艇降落。

這架機體將滿月斷成兩半，緩緩降落在地面上。

五十二架魔法師集團同時圍住了這架機體。

『我等很久了，溫拿家的小姐！』

『——我也一樣。』

沒錯。

我的預感成真。

『可是請不要靠近我——』

那是我建造到一半，並沒有完成的機體——「普羅米修斯」。

機身罩著深綠色帶帽的披風。

藏在披風底下的一對眼睛，發出了懾人的光芒。

在該機體的背上，揹著一個巨大的十字架。

那十字架的長砲塔部分和短砲塔部分，各別裝設了格林機砲和機關加農砲。

我馬上打開頻道詢問卡特莉奴小姐：

「卡特莉奴，我還沒有辦法為這架機體配備披風！妳這件披風是從哪裡拿到手的？」

『當然是從各位那裡拿到的了。』

「什麼？」

她突然講出難以置信的事。

『你應該早就知道了吧……你們裡面藏了跟我一樣的叛徒。』

我心中已有了底。

雖然完全沒有足以證實的證據。

普羅米修斯傲然聳立——

『少說這些胡說八道的話！』

五十二架魔法師向前進攻。

『我不是說過，不要靠近我了嗎？』

普羅米修斯的格林機砲開火。

猛烈的實彈粉碎了那五十二架黑色披風。

深綠色披風以稍勝於時鐘秒針的高速度三百六十度轉身射擊。

『我要找的不是嘍囉！』

才一轉眼的工夫，奈米機械的魔法師就消失無蹤。

『要找的不是嘍囉……是吧。』

魔法師挺身擋在普羅米修斯的面前。

『那麼只好由我來當妳的對手啦！』

『沒有用的，迪歐……奈米機械的把戲對我無效。而且在火力上，普羅米修斯比較占優勢。』

『這種事，沒試過不會知道啦！』

魔法師進攻了。

二刀流光束鐮刀劃破了虛空。

普羅米修斯一瞬間就躍到後方，並持續以格林機砲開火。

魔法師揮舞手中的兩把光束鐮刀，劃出雙重的8字軌跡，不斷閃躲著實彈。

『妳看！不管妳有什麼火力，對我都——』

普羅米修斯改以十字架的另一側瞄準。

那長管火箭筒的砲塔內，裝填著超大型的追蹤飛彈。

『——對不起，我會想辦法管用的。』

魔法師被引到了近距離。

已經無法避開那飛彈。

正這麼想的時候——

隨著猛烈爆炸聲結束，「月光」也同時演奏完畢。

『謝謝你，米爾……讓那假月亮看起來像真的一樣。』

「漫遊奇境」的少女表達了她的謝意。

月亮從夜空中消失不見。

魔法師退出晚會，這裡又籠罩在深邃的黑暗中。

但是這場糟糕透頂的夜間舞會才剛剛開始——

MC檔案4（下篇）

賦與我們的「神話作戰」，其目的是終止目前於火星上呈現慢性不斷擴張的戰爭及紛爭。

別說是AC時代的地球圈上，在MC時代的這顆火星上，無論如何呼籲「完全和平主義」，也一樣不見成效。

反而更增紛亂，讓許多無名大眾遭遇不幸。

正是火星聯邦政府第二任總統莉莉娜·匹斯克拉福特的出現，以及「完全和平程序P·P·P」的功能促成了如此現象。

這種「完全和平主義」除了揭示非武裝及非暴力的理念，棘手之處就在於還高唱自由與獨立。

並且還有個問題，就是既然是「完全」，就不容許有任何例外。

如果沒有預防者，地球圈應該不可能會和平。

唯有戰爭才能終止戰爭。

為了維持戰後的和平，就只能施以強而有力的支配，或是祕密奪取兵器以控制民眾革命。

預防者的功勞就在後者。

莉莉娜．匹斯克拉福特要祈求和平是她家的事，但目前民眾的自由和獨立卻因此遭到剝奪。

許多沒有武裝的民眾遭到殺害。

而最糟糕的情況就是——如果「P．P．P」發動的話，在火星上總數達二十億的人口，將會有近半數的十億人死亡。

移居火星條件的預防注射之中，有數個滲入了奈米機械，這與「P．P．P」互有關連。

是誰、何時、又為何而開發完成這種程序，目前不得而知。

但已經知道是誰擴散了奈米機械。

就是火星聯邦首任總統，自號是米利亞爾特的迪茲奴夫・諾恩海姆。
他將冷凍冬眠狀態的莉莉娜放在身邊，以隨時會啟動程序作為要脅，達成了完全支配的目的。
「P・P・P」的機制其實很簡單。
由於電腦網路的普及，使得「P・P・P」可以藉由終端機器或是隨身通信工具等機器，向奈米機械下達指令。
傳達命令的媒介可以是光、高頻率的音波或是單純的振動。
命令只有一條——「集合（SET）」。
奈米機械將會集中在人類體內血管的一處。
雖然功能僅止於此，但是聚集的奈米機械將會因為磁力影響而造成動脈硬化，產生血栓。結果導致體內各個部位的血液流動受阻，引起腦血管障礙、中風、心肌梗塞等現象。
更糟糕的是，這種反應還會與其他醫療用奈米機械發生共鳴。
也就是說，影響將不只在火星內而已。

因為地球圈的民眾當中，也有人是接受醫療用奈米機械治療。

一旦拖延個幾小時，就會引起這樣的連鎖反應，讓無辜的宇宙殖民地及地球民眾在毫不知情的狀況下死亡。

粗算大約會是場三十億人的屠殺行為。

發現有這種情況的時間，是在AC197年的四月九日。

就在莉莉娜・匹斯克拉福特的十七歲生日隔天。

由自稱「次代政府」的武裝集團在占領山克王國之後發現。

我不想在這時候談那一天的事。

因為以我那天的立場，並未能將過程全部交待清楚。

程序已經設定成從那天起到目前時候，一旦莉莉娜・匹斯克拉福特死亡，就會啟動「P・P・P」，下達「集合」指令。

不管是自殺或是意外事故死亡，都絕對不可以發生。

只能讓她永遠存活。

也沒有解除的方法。

此程序設定了難度超高的密碼。

據說唯一的例外，就是莉莉娜「安息死去」，但沒有獲得證實。

或許只有她自己在感到願望滿足而安祥去世之時，才可以迴避「集合」指令。

這點在她躺進冷凍冬眠艙「星星王子」內，呈現假死狀態下後，得到了絕無僅有的證明。

但這並非一定。

就機率而言只有個位數，不，或許還比個位數更低。

既然莉莉娜祈求完全和平，她就絕對不會選擇自決生命。

正因為如此，她才會在AC197年，自己決定進入冷凍冬眠艙之中。

她期望在她沉睡的這段時間，能有人解除這該死的程序——

沒過多久，希洛・唯也跟著莉莉娜進入冷凍冬眠艙「睡美人」，成了奧蘿拉公主。

希洛可能有了某種預感吧。

難道是受到莉莉娜的請求？

若說是偶然，那也太湊巧了。

然後經過了數十年——

在ＭＣ22年的第二個春天，莉莉娜甦醒了。

目前尚不知道是誰將她給喚醒。

但是這絕對是緊急事件。

於是地球圈統一國家的桃樂絲．卡塔羅尼亞下了決定——

神話作戰。

這是不惜屠殺的作戰行動。

行動內容是解除希洛．唯的冷凍，讓他殺掉莉莉娜．匹斯克拉福特。

莉莉娜也如此期望。

雖然機率不高，但有一試的價值。

即便這不算是「安息死去」也無所謂。

其計畫，就是最後讓剩下一半的火星民眾再次接受地球圈支配。

我們並非正義的一方。
也沒有征服火星的野心。
更無讓民眾幸福的柔情。
因為內心已經空無一物，淚水早已乾涸。
我們早已明白勝利也得不到任何好處。
但仍唯有一戰——

現在——戰事尚未結束。
這場糟糕透頂的夜間舞會仍持續不斷。
我們將「修富克2」浮出深夜的海面上，並開始繞行火山島戰場的周圍。
然後就在面對普羅米修斯的位置停住。
這艘潛水航母已無攻擊武器。
雖然還有兩發飛彈，但因為艙蓋故障，無法發射。

「你打算怎麼做？」

我背後的凱瑟琳問道。

「…………」

我沒有馬上回答。

而是雙手抱胸，沉默了一會兒。

右肩掛著巨大十字架型重機關砲的普羅米修斯，正超然地站在火山島的中央。

一副綽綽有餘的態勢。

卡特莉奴似乎也在等待什麼。

幾十分鐘前，迪歐的「魔法師」已隨著普羅米修斯發射的追蹤飛彈，一同墜落至海中。

從沒有引起爆炸，也沒有立刻浮出海面判斷，那小子應該是平安無事。

但是海中還殘存四條8的「Revolution」。

所以此時此刻，他應該正在噴射洋流的作弄下拚死交戰吧。

光束鐮刀在海中也可以使用。

他必須判斷潮流，縱觀敵人動向，並毫不保留地發揮自己的能力。

若能以兩把光束鐮刀使出螺旋斬擊，就肯定勝券在握。

但前提是要身負水中戰的技能。

如果沒有這種經驗的話……

也罷。

霸王硬上弓，死命掙扎求生才符合那小子的個性。

他跟他老爸一樣，帥氣而又帶著笨拙。

這樣子對他來說，算是剛剛好——

普羅米修斯仍然不為所動。

卡特莉奴大概正在尋找那「宇宙之心」。

這點或許可以說成是卡特莉奴小姐的弱點。

我們唯一可趁的機會就在這裡。

而這點是漂亮成功了。

就如同神話所述，普羅米修斯可說是象徵著「背叛」。

但這終究只是以「神」的角度而言。對「人類」來說，祂是內心苦惱的「文化英雄」，還有一點不能遺漏的，就是祂也是個追求自由的思想家。

將火帶給人類的，就是這個巨神。

人類的文明便是從那時開始繁榮。

奧林帕斯的主神宙斯因為普羅米修斯的背叛與反抗而憤怒，便將祂鎖在高加索山上，讓祂承受被巨鷹（也有傳說是禿鷹）啄食內臟的痛苦。

只是帶給人類用火的知識，真的是對的嗎？

在伊甸園中引導夏娃食用禁忌果子的蛇，真的有錯嗎？

化身成我們眼前敵人的普羅米修斯，是地球方面的背叛者？還是解放火星的救世主呢？

抑或是從實驗室的三角燒瓶中誕生，美麗而夢幻的女騎士呢？

普羅米修斯行動了。

卡特莉奴出現在螢幕中。

『我是卡特莉奴．伍德．溫拿……T博士，你做好覺悟了嗎？』

她以十字架型重機關砲瞄準這艘潛水航母後，如此表示。

「我用不著什麼覺悟……」

仔細想想，或許我從一開始就這麼打算了。

也有種又來了的感覺。

「因為是我們輸了。」

就跟平常一樣，「敗北」二字和我們實在太相配了。

「快射吧……我跟凱瑟琳既不會逃也不會躲起來。」

『是要投降嗎？』

卡特莉奴映在螢幕上的表情，難掩驚訝的神色。

「我是這麼打算。」

『收到……那麼，請放棄武裝投降。我不打算奪走你們的性命。』

「我拒絕。」

我堅定地說。

「咦？」

「我們投降，但是不屈服。」

『我不懂你的意思。』

「我再說一次，我們投降，但『白雪公主』和『舍赫拉查德』不會交給你們。」

『你們有什麼企圖？』

我輕嘲了一聲：

「才這點程度啊……妳的『宇宙之心』。」

卡特莉奴的臉色乍變。

這時候，艦內響起了W教授冷靜的聲音。

『「七個小矮人．紅色」滿弓……射出！』

下一瞬間，帶著灼熱火焰的紅箭便從這艘修富克2的甲板射出。

這道紅色光芒急速前衝，並在中途化成「火鳥」的模樣振翅飛翔，向普羅米修斯撞去。

卡特莉奴的普羅米修斯立刻以格林機砲張出彈幕。

「火鳥」當場便支離破碎。

雖然破碎，火星卻大大散落四周，並落到了普羅米修斯的披風上。

小小的燒痕逐漸在深綠色的披風上擴展開來。

『「七個小矮人‧藍色」啟動……上箭……開弓！』

從「白雪公主」的駕駛艙中，再次傳出了下一支箭上弓拉弦的聲音。

似乎是勉強趕上了。

W教授已解除希洛的生體反應鎖，正在操縱「白雪公主」。

這令我放下了心中的大石頭。

然後開始為一時懷疑起這傢伙感到後悔。

但就連我也如此受到影響，便證明教授有出色的心理操控能力。

那件深綠色的披風，肯定也是教授準備的。

若不這樣做，那麼絕對騙不了我和研讀了「宇宙之心」的卡特莉奴。

『駕駛「白雪公主」的人是卡特爾哥哥……是哥哥嗎？』

卡特莉奴以「簡直無法置信」的求證語氣詢問。

她以為會「一起背叛」的人正在攻擊自己。

這難免會令人想要開口詢問。

聽到她的詢問，教授換了另一個方向問道：

『我之前有問過妳吧……問說：妳活得自在嗎？』

聽到卡特爾的聲音，卡特莉奴似乎死心了。

『嗯——』

護目鏡底下的藍色眼睛露出憂色。

『——那時候，哥哥說過，或許會一直追尋到死的那一天為止。』

這對兄妹當年在談這件事的時候，我剛好在現場。

那是在一間像小鳥巢箱般的木造屋子，叫作「溫拿醫院」的小醫院內。

由一位名叫伊莉亞的女醫師經營。

W教授冷冷地說：

『而我應該也說過，只要還活著，總有一天還是會找到的。』

這傢伙的心情，感覺比平常還差。

不可能會是「白雪公主」所配備的「ZERO系統」讓他變成這樣。

是他的贖罪意識超乎尋常地抹殺了「親情」和「關懷」。

他甚至不會接受對方「苦苦道歉，請求原諒」的舉動。

因為他的淚水已經凍結。

卡特莉奴叫道：

『可是我……！』

那想必是近似嘶吼的心靈吶喊。

『我就是希望大家能夠比起微不足道的我，更加幸福啊！』

這就是溫柔的卡特莉奴得到的結論啊。

看來她所謂的「大家」，似乎也包含了我們。

他連自己所背叛的過去同伴的幸福也一起祈禱。

她的淚水，或許也已經結凍了。

實在是個無比可悲的少女。

W教授在確認完對方的意志後，開始採取不留情面的行動。

『滿弓……射出！』

甲板處再次射出了快如電光的箭。

那支箭像是帶著凍如冰點以下冰翼的「青鳥」。

藍色光芒的軌跡在中間便向四方散開，劃出了猶如天鵝座的十字形。

傳說中，天鵝座是宙斯的化身。這表現就像是那神話中的主神也饒不了這個巨神一般。

光明的星座就在普羅米修斯的頭上張開，產生並降下了接近絕對零度的凍氣。

在深綠色披風上擴散的紅色火星突然間起了化學變化。

燃起了藍白色的火焰。

奈米守衛組成的披風在此火焰下逐漸燒燬。

熊熊白焰的火光中，看得到普羅米修斯就在其中。

就像受到失敗感和罪惡感苛責般佇立著。

畢竟我才開發到一半，無裝甲保護的部分，仍呈現著顯露出內部機構的狀態。

宛如瘋狂的機體。

以暫時固定方式裝上的小丑面具，蓋住了一半的臉部。

要將那架機體叫作「鋼彈」也無所謂。

我並不在乎名字。

普羅米修斯陷入了暫時無法活動的狀態。

在「紅鳥」和「青鳥」帶來的極端溫度差攻擊下，造成了機體運作障礙。

『「白雪公主」報告……任務結束。』

教授傳來了壓抑情感，語調平淡的報告。

我讓他背負的是相當艱苦的工作。

卡特爾，你可以回來了。

回到平常那溫柔的你吧。

「收到……剩下的由我這邊處理。」

教授沒有回答。

通信機具只傳來了微微的熟睡聲。

W教授或許已經在駕駛艙內昏倒。

這結果顯示了他的精神狀態受到如此的壓迫。

教授從昨天晚上到現在，一直刻意地封閉自我內心。

他斷絕「宇宙之心」，並在若有絲毫大意便會被帶著走的量子意識判讀上與妹妹較勁，直到現在。

簡單來說，就是相當於以「ZERO系統」交手的工作，他整整做了一天。

他控制了局面，超越對手，最後奪得現在的絕對勝利。

會因此昏厥也是正常——

我回頭跟凱瑟琳說：

「出動『舍赫拉查德』。」

沒有了奈米守衛，就可以打倒那架普羅米修斯。

就算是尚未完工的舍赫拉查德也足以獲勝。

「由你駕駛嗎？」

「嗯……我畢竟還是適合戰場這種舞臺。」

這正是我這個小丑的任務。

就在這時候——

響起了悲情的小提琴樂音。

那是莫里斯．拉威爾作曲的「悼念公主的帕凡舞曲」。

曲調簡單，以大調開始，小調終止的旋律，持續獨創、動搖而虛幻美麗的演奏。

音樂演奏者的弓法相當有個性，我過去曾經聽過一次。

當時演奏的，是吉普賽旋律令人思鄉的華爾滋。

是首曲名叫作「無盡的華爾滋」的樂曲。

『「舍赫拉查德」報告……準備出動。』

螢幕上出現演奏著小提琴，頭上戴著像塊破抹布般針線帽的「另一個我」。
那把小提琴是W教授許久之前所用，後來轉送給了卡特莉奴。
或許他是打算將這曲子送給卡特莉奴吧。
實在是個專情的人。
凱瑟琳驚訝地問：
「你什麼時候上來的？」
『我從一開始就上了這艘航母……』
也就是說，他沒有隨張老師一起搭上「VOYAGE」嗎？
這些傢伙，沒一個人要聽我的話。
「不行！現在馬上離開『舍赫拉查德』！」
『凱瑟琳小姐，妳的訓練對我很有幫助……對此機體來說，靈活的行動能力將會是關鍵。』
舍赫拉查德拿的是叫作「葉門雙刃彎刀」的阿拉伯式匕首，確實是架擅長以類似民族舞蹈的「肚皮舞」般流暢動作與敵人近身戰鬥的機體。

原本「舍赫拉查德」並不是拿「葉門雙刃彎刀」，而是叫作「波斯彎刀」的長新月形刀子，但是用來提高持刀力道的軟體不論怎麼修改都會出問題而無法握住，才有今天的更動。

跳舞的刺客——專為近身戰設計的瘋狂人型兵器。

經過火星九倍引力訓練出來的弗伯斯，肯定能比我操縱得更好。

在近身戰……不，該說是貼身距離感的戰鬥方式，除了瘋狂之外，沒有其他形容詞足以形容。

得益於凱瑟琳的指導，他連刀子也使用得比我更加優異。

我擅長的則是當作標靶。

頓時間，我覺得把事情交給他也不錯。

但終究還是有一絲不安。

這小子沒有「戰鬥的理由」。

我向這位在「舍赫拉查德」的駕駛艙內，不斷拉著小提琴的駕駛員說：

「特洛瓦．弗伯斯……我並未允許你出動。」

『你認錯人了……我已經不是特洛瓦．弗伯斯。』

他停止演奏小提琴，繼續說：

『我是無名氏……我已經不再驚恐（弗伯斯）。』

是覺得寶貴性命的態度會妨礙到自己嗎？

決定回到破布一塊的消耗品了？

『有個叫作凱西．鮑的女子跟我說過，老人家和女孩子比我更容易受到傷害。』

是北極冠基地的那個女孩子嗎？

淨說些不正經的話。

『所以，T博士，就由我來駕駛「舍赫拉查德」。』

我不認為自己是個老人，更何況我也自認我的內心比你還要強韌。

但是回到無名氏的他，顯露出堅定無比的眼神。

「你打算結束這首夜曲嗎？」

『我要將這把小提琴還給小姐，連同人情……』

人情？我不懂他說的是什麼意思。

下個瞬間——

舍赫拉查德就留下了像極光般燦爛的彩虹軌跡，飛離修富克2的甲板。

那架機體身上包覆了奈米守衛，也是光學迷彩的透明貞潔面紗。

這項裝備會發出彩虹光芒。

這架機體自然也尚未完成，許多地方都沒有裝甲覆蓋。

由於貞潔面紗是透明的，在光學迷彩功能未啟動時，機身顯露的機械部分看起來便格外有脆弱的感覺。

但是那脆弱的外觀正是身藏實力，足以抗拒蠻力的證明。

當然，還很瘋狂。

就如同那個臭小鬼迪歐所說的——說穿了，人型兵器的戰法，關鍵就在有多麼瘋狂。

這機體或許正適合那小子也說不定。

因為雙方都是尚未完成。

補充說明，我也是個不成熟的博士。

既未覺悟，也不達觀，要說笨拙的話，跟那個無名氏也不相上下。

但不中用也總有個限度。

所以我選擇了戰鬥。

我想要代替不能動身戰鬥的人奮戰。

我對明天不抱希望。

對昨天並不絕望。

只是盡全力活在今天的當下。

因為我的內心空無一物。

因為我找不出合適的解釋。

如果我有跟其他人一樣的情感，或許會再稍微溫柔一點，但我就是做不到。

要是我扮成了小丑，應該就可以讓人重新展露笑容吧？

能做到這點，我也就滿足了。

變成「無名氏」的這小子，或許心情跟我並沒有兩樣。

這時候，他也是抹殺了自己的內心吧？

自己獨自為了他人的笑容而戰吧？

這小子代替我上了戰場。

我連一句可作為建議的話都沒說，就將他送了出去。

明明那小子就是我。

明明我完全清楚。

明明他需要有個能回去的地方。

我無法原諒無情的自己。

「無名氏，對不起……」

我小聲地自言自語，以免凱瑟琳聽到。

火山島的普羅米修斯還動彈不得。

其周圍舞動著彩虹色的極光。

動作優雅而華麗。

那莊嚴的節奏是「帕凡舞曲」。

剛才的演奏，不斷反覆地在我的心中浮現。

普羅米修斯的巨大十字架型重機砲閃出一道火光。

舍赫拉查德的葉門雙刃彎刀在貼身交戰下，將對手最主要的武器打擊得再也無法使用。

要破壞武器的話，我也辦得到，但是要精細地從裝甲和零件接縫處切入，斬斷內部驅動回路，這技術就了不起了。

他保留了外形，僅止於破壞武器方面的功能。

這樣的狀態，是可以在本艦的整備區修復的。

他似乎連回收後，我要動手修理的事都考慮了進去。

葉門雙刃彎刀的火光，接著轉到普羅米修斯的機身上。

小小的火花不時冒出。

舍赫拉查德的彩虹舞蹈——

像是蜷曲的蛇一般，又像是吹拂的風一般，迅速而俐落地往普羅米修機身交纏，煽情地緊貼在一起。

就我的經驗而言，從來就沒看過人型兵器那樣的交戰手法。

簡直就是場瘋狂的戰鬥。

卡特莉奴仍試圖做最後掙扎，發射了外露的胸部飛彈，但自然是沒有命中舍赫拉查德。

普羅米修斯的左腳動作開始變慢，最後停了下來。

右腳和雙手也同時停住。

看來是成功斬斷其驅動回路了。

勝負已定。

卡特莉奴啊，妳從昨天晚上起就沒有睡吧？

想必已經非常疲倦了。

這段時間，妳一直都在感受那「宇宙之心」。

孤身一人面對「白雪公主」、「魔法師」和「舍赫拉查德」，這些狂亂又奇蹟的機體。

不論是精神面或是肉體面，都早已超出了極限。

所以，妳可以睡了。

妳是個溫柔的女孩。

跟妳的哥哥一樣，都太溫柔了。

無名氏正為了妳而跳著舞蹈，當作搖籃曲呢。

妳就逃到夢中去吧。

睡著之後，就會立刻來到早晨。

然後就和我們再一起去當志工。

乖孩子，快睡吧。

我們永遠都會接納妳。

在無名氏的臂彎中，閉上妳的眼睛吧。

晚安，卡特莉奴。

「要保重妳的身體啊……」

我的心中回想起伊莉亞說過的話。

「因為妳是這世上唯一的卡特莉奴・伍德・溫拿。」

並以我全心全意的柔情，如此細語。

而我另一方面——

也擔心著應該正在海中戰鬥的迪歐。

「雖然或許是我多慮，但不會被解決了吧……」

「你說那個孩子？」

凱瑟琳反問道。

她嗤聲一笑之後，將耳機貼到一隻耳朵上。

「就聲納的感測結果，雖然打得並不輕鬆，但似乎已經贏了。」

「是嗎？那麼接下來的處置就交給無名氏，我們去回收『魔法師』……」

才這麼一說，迪歐就以海中有線通訊通知：

『我是迪歐！已擊退「四條8」！有夠難纏的啦！』

「辛苦了……還能夠直接返艦嗎？」

『返艦？溫拿家的小姐呢？你們讓普羅米修斯逃走了嗎？』

「不，剛才無名氏處理好了。」

『哦～那個叫弗伯斯的傢伙啊……那小子的技術有那麼了不起——』

通訊突然中斷。

我有不祥的預感。

螢幕上出現了米爾・匹斯克拉福特的臉。

『我不會將卡特莉奴交給你們。』

我絲毫未動容。

「哼，剛才的演奏很不錯呢……」

米爾沉默不語。

「是『月光』嗎？」

米爾眼神冷淡地輕輕說：

『……閉嘴，老頭子。』

「注意你的用詞……我可沒看起來那麼和善。」

說著，我便動手確認手上操縱桿，但已無法控制。

螺旋槳也不再轉動。

不知何時起，系統已經遭到巧妙地破壞了。

主電腦的所有功能已經停止運作。

艦內的照明設備突然斷電。

螢幕畫面也隨之消失，四周完全籠罩在一片黑暗中。

只有米爾的聲音從揚聲器中傳來。

『你們什麼都不懂，所有人都錯了。』

徹底輸了。

我們正被導向隸屬於聯邦的大型氣墊艇處。

窗戶照入微微的光線。

不甘心，但看來整艘修富克２已經遭到俘虜。

那時候，米爾正在演奏「月光」時——

應該就開始在破壞了吧？

完全沒有察覺。

又被先發制人。

「迪歐、無名氏，快逃！」

我出聲對兩個人叫道。

我不知道通訊機具是否還在運作，但也只能祈求他們聽得到。

「姊姊也快逃吧！」

「不要，我可不想再被你丟下了！」

凱瑟琳似乎已經察覺到我下一步想要做什麼了。

這艘潛水航母有個唯一的手動控制裝置。

自爆按鈕。

炸彈分量足以破壞艦橋內部。

而且這艘修富克2還留有因為艙蓋故障而依然未發射出去的兩顆飛彈。

如果可以確實引爆，就可以將「白雪公主」和這艘潛水航母沉入海底。

若只有教授和「白雪公主」，也許可以自行從當下狀況中脫困。

並且應該也可以回收醫療艙，救出無名氏他們。

——好啊……既然你這樣判斷，我接受。

我彷彿聽到教授如此說的聲音。

我和凱瑟琳並不一定會死。

在爆炸同時衝出去的話，就有可能存活。

或許會痛得要命，但以我們的身體能力而言，或許可以順利達成。

雖說這仍然是場危險的賭注。

不過要做這件事，必須先做好覺悟和掌握時機。

對於凱瑟琳，我只能深深向她致歉。

我們並非正義的一方。

也沒有征服火星的野心。

更無讓民眾幸福的柔情。

因為內心已經空無一物，淚水早已乾涸。

我們早已明白勝利也得不到任何好處。

卻仍然——

我做好了覺悟。

「開始吧，我們最後的表演。」

我手指用力往自爆按鈕押下。

但是有人伸手抓住了我往下按的手。

「……住手。」

那人正是應該睡在醫療艙內的希洛·唯。

「不要再抵抗了……」

「意思是，就這樣交到他們手上？」

從窗戶射入的微弱光線，照出了希洛容貌輪廓的陰影。

「沒問題。」

他眼睛眨也不眨地說：

「就接受逮捕，去埃律西昂島。」

我莫名覺得他的眼中帶淚。

「……可以接近莉莉娜。」

「…………」

凱瑟琳問道：

「你真的下得了手殺死莉莉娜．匹斯克拉福特嗎？」

希洛以跟平常一樣的聲音開口：

「這是任務……」

我好像看到他的眼睛有一滴晶瑩剔透的淚水奪眶而出。

「我會殺死莉莉娜——」

這一定是我看錯了。

「——非殺不可。」

希洛．唯不可能會哭。

但是我感受到他的內心。
雖然我不能說他是感情用事。
但在我們之中，他是唯一淚水還沒有凍結的人——

深藏的間奏曲

—預防者5—（上篇）

AC-196 December 26

槍聲響起。

事情突然發生。

德基姆・巴頓的後腦杓遭到射穿，倒在了地上。

站在他背後的是其副官。

「我已處死叛賊……我要藉此為背叛特列斯總帥致歉。」

他敬禮並沉痛地說道。

「瑪莉梅亞，振作點！」

莉莉娜・德莉安抱起倒地少女的嬌小身軀。

「我錯了……對不起。」

瑪莉梅亞・克修里納達在胸口遭到射擊的劇痛中，只是不斷道歉，臉上則露出悲慘的微笑。

不知哪裡傳來了音樂盒的樂音。

在逐漸模糊的意識中，瑪莉梅亞覺得那樂音有著搖籃曲般的溫柔。

（那個音樂盒樂曲，原來是這麼溫柔啊……好像聽到了媽媽的聲音……）

拿著音樂盒的人，是滿身是傷的希洛·唯。

「我馬上讓妳解脫。」

「……希洛！」

莉莉娜驚訝地叫著方才遭到擊墜的飛翼鋼彈零式駕駛員的名字。

他一手拿著演奏「Endless Waltz」的音樂盒，一手拿著手槍。手指就扣在扳機上。

瑪莉梅亞靜靜閉上眼睛說：

「……謝謝你。」

希洛將槍口瞄準瑪莉梅亞。

音樂盒的樂音旋律逐漸慢下。

旋律悲情而又柔情的「Endless Waltz」。

當那樂音停止時——

就像是個訊號，希洛毫不猶豫地扣下了扳機。

「……！」

場面震撼人心。

但是瑪莉梅亞卻平安無事。

希洛的槍內，原來並未填入子彈。

瑪莉梅亞隨之失去了意識。

希洛靜靜地說：

「我殺了瑪莉梅亞……」

他拿著槍的手緩緩垂下，然後開口：「我……我再也不殺任何人了。」

完成任務的他，一字一句，斷斷續續這麼說。

「……可以不用殺了。」

最後語畢，這位少年便拋下當作面具的武器，倒向地上。

莉莉娜在他倒向地上前，抱住他的身子。

「……希洛。」

莉莉娜將他緊緊抱在自己的懷中。

滿身是傷的少年閉著眼睛。

表情散發著安祥。

他流露出從未讓人見過的純真睡容。

蕾蒂．安帶著士兵，將瑪莉梅亞搬送出去。

「還有希望！馬上送到醫務室去！」

莉莉娜從睡著的希洛手中，拿起了已然停住的音樂盒。

接著溫柔地撫摸他的頭髮。

「都結束了……終於……」

莉莉娜的淚水奪眶而出，滴到了音樂盒上。

AC-197 January

和平回到了人們的身邊。

瑪莉梅亞目前由蕾蒂·安收養，過著平靜的生活。

而在後來的地球圈歷史中，包含鋼彈在內的ＭＳ兵器，再也未曾出現過。

「這次真的是最後了，夥伴……」

迪歐一臉滿足地如此說。

他的手上握著鋼彈的自爆裝置。

這場戰役之後，他感覺到日後已真正不再需要鋼彈了。

特洛瓦和卡特爾也都同意這個看法。

三人在各自點頭後，按下了自爆按鈕。

地獄死神鋼彈、重武裝鋼彈改，以及沙漠鋼彈改便隨之爆炸。

特洛瓦看著揚起的煙塵，自言自語道：

「這樣子，我就又回到『無名氏』了……」

卡特爾馬上否定他的話。

「這不也很好嗎？特洛瓦就是特洛瓦……」

「名字是別人取的，自己在那邊怨東怨西的也沒有用啊。」

迪歐拇指朝向天空，對著卡特爾和特洛瓦說：

「而且，我們不是都有回去的地方嗎？」

「嗯……」

殖民地內有凱瑟琳在的馬戲團帳篷。

在那裡，應該還是會讓人叫作特洛瓦．巴頓吧。

不會沒有名字。

（回到帳篷之後，或許也可以叫凱瑟琳作「姊姊」了吧。）

特洛瓦在心中如此想著。

卡特爾在回到宇宙之後，又會有溫拿家的繼承者要處理的許多工作在等著他。

（在這之前，我還要去迎接從金星回來的馬格亞那克隊他們呢。）

他並不怎麼喜歡溫拿家主人的身分。

（要不要再次離家出走呢？）

他有時也會這麼想。

迪歐應該會隨興地做著廢物商的工作，享受每一天的生活。

同時也不會放棄要為他人的幸福而做些什麼的想法。

（下次來做萬事通好了……說不定還會大賺一筆呢。）

完全不以利益為優先考量的迪歐，就像這樣靦腆地自己騙著自己。

心中各自懷抱想法的這三個人，於是回到了宇宙。

＊

「失序的時代已經結束了，哪吒……」

五飛站在龍一族在地球的故鄉土地上，按下了自爆按鈕。

「請妳安息吧……」

他心中想著露出微笑的妹蘭，這麼說。

相信從今以後，她將可以安靜度日了。

二頭龍鋼彈在爆炸的炫光中消失。

五飛始終注視著機體爆炸。

（接下來要做些什麼呢？）

在迷惘的五飛背後，站著莎莉．鮑。

「五飛……」

五飛回過頭去。

「是諾茵和傑克斯隱瞞了我的行蹤……你想和我一起工作嗎？」

「滅火的預防者啊……」

五飛輕聲一笑，接著傲氣地說：「也好。」

AC-197 February

飛往火星的行星宇宙交通艇。

諾茵和傑克斯正坐在其中。

「這樣好嗎?火星改造計畫不是還在實施階段嗎?」

火星自從十年前的AC187年,資源衛星MO-Ⅶ墜落到南半球,在歐羅巴藻的繁殖之下,已經形成了近似地球的大氣結構。不過目前仍處在人類仍須戴著安全帽,居住在局地改造環境巨蛋中生活才行的狀態中。

至今尚未開始移民計畫和都市計畫,政府機關也是有名無實。進程之慢,完全比不上當初建設宇宙殖民地的狀況。

目前火星的實情就是尚未成為可供人類生活的場所。

「這是莉莉娜想做的事,當然那是天馬行空……」

傑克斯關愛著追求理想的妹妹。

「所以原本該死的人必須自己動手執行……諾茵，妳不用——」

不用跟著我——傑克斯又想講平常總會掛在嘴邊的話。

但是諾茵伸出食指抵住了傑克斯的唇，以耳語般的聲音說：

「請不要再這麼說了，傑克斯……」

傑克斯不再說下去。

其實諾茵曾經有過複雜的心情。

她的父親諾貝·諾恩海姆是第一個推展火星地球化計畫的人。

過去，諾茵因為討厭以利益為優先的功利主義父親，於是逃到地球。

她在火星上除了痛苦，沒有其他回憶。

但即便如此，為了心愛的傑克斯，她毫不猶豫地與之一同行動。

這是趟心甘情願的返鄉行。

而這也是預防者的任務。

不能再讓火星操弄在諾貝·諾恩海姆手上。

地球圈方面如此考量。

另一方面，傑克斯在意的則是藏身在火星的次代鋼彈。

這架機體一直寄放在傑克斯的老朋友艾爾維・奧涅格少校那裡。

之前由於考量到最壞的情況而沒有廢棄，但現在應該和其他鋼彈駕駛員一樣，將之炸毀才是。

這兩人已然心意相通。

或許火星上的新大地環境惡劣，但在兩人堅強的意志之下，也許當地也會化成一座樂園。

不，是必須化成樂園——

AC-197 March

此時的莉莉娜・德莉安已辭去原來任職的外交次長職務，並未在統一國家的政權中心特別負責什麼工作，只是平靜地作為地球圈的一介普通市民生活。

她還收留了希洛，並不計代價照顧他，直到全身的傷勢痊癒。

或許這時候是莉莉娜和希洛在一起的唯一幸福時光。

幾個月的時間，轉眼間便過去了。

但這當然不會只是茫然度日而已。

她已宣布自己要參選下任總統。

現任的地球圈統一國家總統，離任期結束還有三年的時間。

屆時莉莉娜將來到二十歲。

她計畫在這段時間徹底學習政治和經濟，以期解決地球圈民眾目前面臨到的所有問題。

她完全不在意外界認為她年輕且幼稚的批判。

就這點而言，她的自信無可動搖。

「不用在意。」

希洛也這樣表示。

「確實之前那些耆老政治家有充足的經驗，但他們的所作所為卻從來也沒有反映過民意。」

「嗯……沒錯。」

而且，待解決的政治難題已經堆積如山。

戰後補償、勞雇制度、復興經濟、開發技術。

火星改造計畫。

以及維持長久的和平。

她幾乎焦慮地想要達成這些事。

希洛雖然沒有說出口，但也在背後支持著莉莉娜。

「只要妳不是以匹斯克拉福特，而是以德利安的名義挺身而出。」

可能是覺得匹斯克拉福特這名字就和平象徵的意義而言太過強烈，並不適合政治家吧。

話不多的希洛，其深意總令一般人難以猜測。

「我會努力的。」

當她如此下定決心時，希洛早已不知去向。

於是莉莉娜只好對著一年前的生日時，希洛送給她的泰迪熊說出自己的決心。

「請在背後守護我。」

政治家除了基本的理念和態度之外，還必須有兩項才能。

成為政治家的才能，和持續當政治家的才能。

想成為地球圈統一國家總統的莉莉娜，其實欠缺的就是這兩點。

她為了讓這兩種才能開花結果，就必須著手舉辦各種公開活動。

僅止於聽取支持群眾的意見完全不具意義，還必須更廣泛了解群眾的價值觀。

莉莉娜在自己從前的城堡：山克王城內，舉辦了自己的慶生會。

這場慶生會並不算是政商雲集的社交界聚會。

正確來說，要算是討論會、讀書會或是「探討和平」的座談會。

會期設定為三天，這就慶生會而言並不尋常。

從她的生日「四月八日」前一天的「七日」起，到隔天的「九日」止，總共三天的時間。

要順帶一提的是，「四月七日」是殖民地傳說的和平領導者希洛·唯遭到暗殺的日子（ＡＣ１７５年），也是五架鋼彈降落至地球的「流星作戰」執行的日子（ＡＣ１９５年）——

AC-197 April 07

這一天，地球相當平靜。

顯見滅火的「預防者」在維持和平上正確實發揮了功能。

特別是這裡——北歐的山克王國，可說是一片和平。

所以會覺得當天莉莉娜的十七歲生日派對將可平安結束，自然也很合理。

「感謝各位今天特地為了我到此參加派對。」

莉莉娜穿了件白色素淨的禮服，禮貌周到地向聚集在大廳上將近兩百人的男女與會來賓打招呼。

就前世界國家元首莉莉娜女王的生日派對而言，場面極其收斂而樸實無華。

希洛並未出現在現場。

也不見她的兄長米利亞爾特。

雖然聚集了與莉莉娜交往親密的人，但她也邀請到有一天會成為政治對手的政治家和前聯合軍的軍人等人士。

現場也有莉莉娜在聖加百列學園的朋友、養母瑪麗涅・德利安、善解完全和平主義的桃樂絲・卡塔羅尼亞、「預防者」的負責人蕾蒂・安，以及傷勢尚未痊癒，仍然坐著輪椅的瑪莉梅亞等人。

他們每個人的表情都充滿著從容和安詳。

相信長久的和平生活會一直持續下去。

春天的溫暖陽光從窗外射入，柔和地照耀著他們。

就在這時——

身穿迷彩戰鬥服的二十人武裝集團突然踢破門，闖入現場。

他們兩手拿著機關槍，並以太陽眼鏡和圍巾藏住了面孔。

在場幾位女士看到他們之後，發出了驚叫聲。

男士則紛紛上前擋在女士的前方，也有人試圖動手抵抗。

但是其中一位武裝分子將手上的機關槍往頭上一舉，發出了無機質的機械聲，將天花板上的豪華吊燈打得粉碎。無數的破璃碎片從眾人的頭上落下，於是原本吵鬧的會場頓時靜了下來。

武裝集團的意圖已藉其行動展露無遺。

「你們是什麼人？」

莉莉娜勇敢地出聲詢問。

舉著機關槍瞄準的他們，沒有任何人回應莉莉娜的問題。

對他們而言，沉默就代表著無言的雄辯。

顯示他們不打算回應任何問話。

一頭金髮、戴著太陽眼鏡，像是集團指揮官的男子一直注視著莉莉娜的臉。

「…………」

莉莉娜直覺認為這名男子的面孔與兄長米利亞爾特相似。

當然，她立刻就從對方散發的氣息了解到是別人。

不過她並沒有察覺那是對方的故意表現。

該武裝集團的聲明傳到布魯塞爾總統府，是在事發幾個小時之後。

『我們「次代政府」已經占領了山克王城。我們的要求如下：

解放我們遭到囚禁的同伴。

公開機密文件二〇三之51號，並即刻解散相關的政府機關。

支付我們與前項政府機關於196年至197年度花費的預算同樣額度的費用作為人質贖金。

以上要求若未在七十二小時之內辦到，我們將會引爆聯合國軍的遺物「核子彈」。』

＊

機密文件二〇三之51號，記載的是防範紛爭於未然的特務機關成立經過，及其活動內容。

而該機關無他，正是「預防者」。

分配給該祕密諜報機關的國家預算支出，自然是未對外公開。

將該機關的事務攤在陽光下，讓地球圈的一般民眾知道，同時解散組織，這等於失去了往後「維持和平」的方法。

不但如此，還要將營運費用當作贖金支付，這也不可能辦到。

完全是不可能的要求。

決定斷然拒絕的總統府高層向預防者下達了命令。

——從恐怖分子手中奪取「核子武器」，並救出人質——

在調查之後，已確定問題所在的「核子彈」是真有其物。

該武器是用於火星及木星間行星帶資源衛星等地方的開挖破壞工作的小地區型核子炸彈裝置。

這種炸彈的殘留放射線極低。

然而雖說是小地區型，若用在地球上，山克王國肯定會在瞬間化為一片焦土。

「這斷然不是什麼統一聯合軍的遺物，很可能是對方故意設計的政治煽動。」

聽完莎莉．鮑的報告後，五飛點了點頭。

「原來如此。」

他一反常態地冷靜。

「想『瞞天過海』啊……看來他們別有目的。」

「什麼意思？」

「就是欺騙上天，穿越海洋的意思。」

「所以說是什麼意思？」

五飛不是個會嘮叨說明的人。

「他們的目的是爭取時間……大概是故意丟些不合理的難題給我們，然後趁我們為之手忙腳亂時，去達成自己的真正目的。」

「真正目的？」

「奪取地球圈……之類的吧。」

這時的五飛，正因其他任務而飛到了L-4殖民地域的宙域。

另一方面，莎莉則正在巡邏月球周邊。

在目前長官蕾蒂・安已經成為人質之下，還能夠自由活動的預防者幹員就只剩下這兩個人了。

「對方雖然自號為『次代政府』，但肯定是恐怖分子偽裝而成。無須釋放對方的同伴，我們也不用自曝身分，更沒必要準備款項給他們。」

「但事實上，就是有二十人的武裝集團挾持了兩百人作為人質，守在城內。」

「若可以不理會人質，那我就可以過去馬上解決。」

「不行……絕對不會被允許。」

「那麼就乾脆和他們聯手，奪取地球？」

「這玩笑開得太過頭了。有其他方法嗎？」

五飛已經成長到可以煞有其事地開玩笑的程度了。

「強行進攻。」

五飛一臉無所謂地說。

但莎莉也想不出其他的方法。

「……還是只有這個方法了嗎……」

「能立刻幫忙呼叫支援嗎？」

「要組織突擊隊是嗎？」

莎莉在心中暗自計算了可召集到的人數。

「要幾個人呢？給我四十八個小時，就可以召集到一千人左右。」

「等到那時候，山克王國就要冒出蕈狀雲了。」

「那就二十四小時召集五百個人。」

「要攻陷那座城，用不著那麼多人。」

五飛的心中浮現了幾個值得信賴的面孔。

「含我在內，五個人就夠了……」

這讓莎莉也聽得大感驚訝。

「五個人？就只要五個人？」

「或許會花點時間，我馬上傳他們的所在地點給妳……」

這樣說完之後，莎莉終於想到了那五個人的面孔。

「範圍相當大，所以我也會一起幫忙。」

「收到……要親自和他們見面，尋求協助對嗎？」

「不這樣的話，他們是不會答應的。」

＊

幾個小時之後，莎莉便到了五飛指定的其中一人：迪歐・麥斯威爾所在處。

五飛告知的地點，是一間位於L-2殖民地群中的廢物商。

「他不在喔……」

回答問題的人，是位名叫希爾妲・休拜卡的少女，給人一種落寞的感覺。

她低著頭繼續說：

「他就跟平常一樣蹓躂出門，然後就一段時間沒看到人了……」

莎莉想不出什麼可以安慰希爾妲的話。

（妳的心上人，他的內心已經空了一個大洞了。）

她無法將這感覺說出口。

處在之後要以預防者身分請求協助的立場，她不由得感到這樣子說太過不負責任，而且也是行為卑劣又差勁的事。

結果什麼也沒說，莎莉就離開了當地。

接著就直接前往五飛所說的另一個所在地點。

——要是不在那裡，其他有可能的就是看得到月亮的地方。

從殖民衛星看到的月亮，是個極為冰冷的死亡世界。

會喜歡這樣的景色，正因為他果然是個「死神」吧。

莎莉前往的地點，是靠近太空機場的外層。

穿著太空服的迪歐正默默坐著，眺望那巨大的月亮。

其纖瘦的背影拖出一條孤獨的影子。莎莉在萬年和平號的時候，常常見到他這樣的身影。

「嗨，還真是懷念呢……」

語氣聽起來有點空虛。

莎莉這次和迪歐是睽違三個月的重逢。

「我有點事想要拜託你這個萬事通幫忙。」

迪歐仍望著月亮，冷淡地說：

「嗯，麻煩事就免啦。」

莎莉露出笑容，以誘人的口氣細聲道：

「報酬很豐厚喔──」

她很清楚。

迪歐這個老好人，只是想要「報酬」當作藉口──

＊

位在L－4殖民地群的溫拿貿易公司最上層中，卡特爾・拉巴伯・溫拿正坐在辦公桌前埋首工作。

他要過目該季的待審核文件，簽名核准。

對他而言，這種單純的工作就只有痛苦足以形容。

什麼事都能得心應手的卡特爾，就只有經營公司無法克服，讓他像是撞上了一堵高牆。

身為繼承溫拿家的兒子而言，這或許是項致命的缺點。

（如果有人可以代理，那就不一定要我做了吧？）

卡特爾還有個選擇，就是「什麼也不做，全都交辦給下屬」。

但是比平常人更不輕言放棄的卡特爾，選擇全心全意投入，拚命地工作。

沒有敲門聲，社長室的門徑自打開。

「門打開後，麻煩可以立刻關上嗎？」

從外面吹來的風，吹散了桌上的文件。

卡特爾的語氣是少見的不耐煩。

「我已經花了三天時間在看這些文件了！」

「很忙嘛。」

關起門這樣說的人，正是五飛。

「五……五飛……！」

卡特爾為這意外的重逢，欣喜得從座位上站了起來。

五飛雙手抱胸，望著窗外。

「發生了有點棘手的事……我希望你來幫忙。」

「棘手的事？」

從最高層看出去的風景相當壯觀。

「……我不勉強，而且也沒有時間慢慢勸你。」

「需要我出馬是吧。」

五飛的視線回了卡特爾身上說：

「嗯……比任何人都需要。」

「我去！我什麼都做！」

卡特爾立刻就答應了。

「現在的我並不是我……我有這種感覺。」

不久，當祕書帶著新的待審核文件來到這房間時，已經不見兩人的身影。

只見堆積如山的文件仍散落在辦公桌上。

*

那個馬戲團已經來到L-3殖民地群。

幸好在事前就已經注意到。

就五飛原本的情報來看，會是在L-5殖民地群。

這讓他們差點就要從L-4殖民地群前往最偏遠的地點，無謂地浪費掉時間。

卡特爾和五飛掌握這最新的情報後，便趕到了特洛瓦·巴頓那裡。

「我知道了……走吧。」

特洛瓦一看到兩人就如此表示。

幾乎都還沒有開始詳細說明。

但特洛瓦毫不猶豫。

「特洛瓦，等等！就快要輪你出場了！」

凱瑟琳·布倫叫住了特洛瓦。

五飛向她打了聲招呼。

「謝謝妳上次那難喝的湯——」

如果是以前的五飛，想必是不會打招呼的吧。

但是他在特洛瓦身邊會與平常不同。

一年多之前，特洛瓦曾在萬年和平號上對五飛如此表示——

至少要打個招呼……女孩子可比你容易感到受傷——

五飛並沒有特別銘記在心，這應該只是在調侃特洛瓦。

凱瑟琳有著體會這種情感的敏銳直覺。

「慢著！要是特洛瓦有什麼意外，我就讓你再嚐嚐那道湯！」

五飛冷笑一聲。

（自己也知道那道湯難喝嗎……）

卡特爾站在中間，伸出手上的手錶。

「趕快。離他們說的期限，已經不到五十個鐘頭了。」

「確實……」

五飛再重新向特洛瓦確認了一次。

「真的可以嗎？」

「不用在意……」

凱瑟琳一直專心地目送著他們。

「她只是監護人而已。」

*

莉莉娜生日的四月八日，幾乎沒發生什麼事就過去了。

就花在過去的鋼彈駕駛者移動至地球上。

有人說，這或許可以算是「第三次流星作戰」。

他們曾數次來回地球與殖民衛星，但以同時降落地球而言，這是第三次。

第一次眾所皆知，第二次則是在布魯塞爾作戰時——

AC-197 April 09

在降落地球的小型太空梭內，莎莉和迪歐正坐在其中。

兩人費盡心力也未能找出希洛。

他們在進入大氣層前，將這件事報告卡特爾，結果卡特爾回訊笑道：

『這種時候，希洛不可能無動於衷吧……他一定會出現，不用擔心。兩位請先趕往集合地點。』

莎莉選擇相信卡特爾對狀況的判斷能力。

「他說的也是啦！」

鄰座的迪歐雖然一臉不滿，卻也莫名感到言之有理。

「那小子整顆心都在莉莉娜身上……我們找得要死不活的，結果居然是『多此一舉』，真是自討沒趣。」

看到迪歐如此乾脆，莎莉為之苦笑。

「啊，不過這場白工一樣是要計算時薪，我到時可是會據實請款的喔。」

「好的好的。」

在艱苦的戰事中，迪歐的風趣令人感到慰藉。

會讓人感到神奇與希望。

莫名地湧現勇氣。

*

離「次代政府」指定的期限還有八個小時。

停在山克王國灣上的豪華客輪一室，已變成了預防者的作戰指揮室。

走到甲板，就可以望見山克王國城。

該海灣還停了許多其他的客輪和一般民眾的船艇。

「這項任務如果失敗，不只是那座城裡面的人，就連這道海灣上的人們也都會遭殃……」

「我們責任重大呢……」

五飛和卡特爾也只能承擔起如此的重責大任。

他們派特洛瓦去偵察城堡周遭情況。

「我已經很深入內部探查，但仍然未能得知那兩百個人質被囚禁在哪裡……」

回來的特洛瓦如此向卡特爾報告。

「到處都設有監視器，幾乎沒有死角……此外，身負武裝的二十名士兵也都據守要道。」

「謝謝你，特洛瓦。」

狀況無時無刻不在變化，卡特爾要盡可能地收集情報，以擬定人質解救計畫。

「沒有迫擊砲或戰車，恐怕將難以強行進攻。」

擅長大鳴大放戰鬥的特洛瓦提出了他個人風格的建議。

「這次我們要以保全人質性命為優先，不能有任何人死亡。當然也不能讓對方使用核子彈。」

＊

山克王國城中的人質，以五十人一組的形式被分配到四個房間內囚禁。

各房間內均有兩名持有機關槍的男子監視，他們將槍口指著人質，恐嚇警告道：「如果有人敢做出不軌的舉動，格殺勿論。」

另一方面，部分特定人士被帶往地下的核子防空洞內。

他們是莉莉娜·德利安和她的養母瑪麗涅·德利安。

以及總管帕坎，總共三人。

總管帕坎已打定主意，將守住莉莉娜和瑪麗涅當作是他「最後的效力」。

「請兩位相信我的能力……」

他有自信從背後兩位貼身監視的男子手中奪下機關槍，帶著莉莉娜和瑪麗涅逃出。

「我雖然老了，但可還沒有生鏽。」

「不行，帕坎……輕率行動會讓其他人身陷危險，外界不會原諒我們。」

「可是……」

一行人來到了地下防空洞。

那位金色長髮，隊長身分的男子已經等在那裡。

莉莉娜從一開始就覺得這名男子與米利亞爾特相似。

「歡迎……莉莉娜．匹斯克拉福特。」

男子摘下了太陽眼鏡。

挺立的鼻樑、單薄的嘴唇，還有藍色的眼眸。

全都與米利亞爾特如出一轍。

這讓帕坎驚訝得不自覺喊出了「米利亞爾特少爺」來。

「如何？與妳的兄長一模一樣吧？」

「你有什麼企圖？你到底是誰？」

莉莉娜態度冷靜地質問。

男子自嘲道：

「抱歉……我的名字是迪茲奴夫．諾恩海姆。」

「…………」

「是個正設法為地球圈和火星帶來『完全和平』的人。」

「你對我們究竟有什麼打算？」

「我們要藉由妳來啟動某種程序。」

迪茲奴夫拿出一台舊式小型筆記型電腦，放到莉莉娜的面前。

「密碼是『PEACECRAFT×2 HEERO YUY』。」

電腦螢幕上是一隻小小的挪威森林貓。

那隻小貓輕輕地叫了一聲『喵』。

帕坎看到之後，驚悚地在心中唸道：

「……沙姆……」

＊

迪歐和莎莉乘坐的垂直升降機降落到了豪華客輪上。

看了在甲板上為兩人接風的人員之後——

「希洛還沒到嗎？」

迪歐開口問起。

「不，他現在到了。」

卡特爾笑道。

海面突然隆起，浮出一架紅色機體。

「那……那該不會就是！」

迪歐吃了一驚。

「是OZ-08MMS坎沙啊……」

特洛瓦周到地說出了機體名稱。

坎沙的上方艙蓋開啟後，希洛·唯從中現身。

他還穿上了不知從哪裡拿到的預防者制服。

「……………」

浪花沾濕了希洛的臉頰。

「我來遲了嗎……？」

他張開右手，以手背擦去了沾濕的地方。這動作就像是不想讓人看到他的真面目似的。

卡特爾馬上回答：

「不，還有時間。希洛，謝謝你趕來。」

迪歐指著坎沙，發出抗議：

「喂，這違規了吧？」

「是紀錄上應該已經不存在的機體呢。」

莎莉困惑地笑道。

「喂喂喂，我說你們預防者啊，做事要徹底些！放那種東西在外面不行吧？」

「別吵！」

五飛手抱胸口，喝止迪歐後，便把頭一甩說：

「畢竟是他，想必是去收集了沉在海底的殘骸，自行組裝的吧……我們的工作並沒有放水。」

「不管怎樣都要好好清理吧，真是的！」

迪歐的抱怨沒完沒了。

「迪歐，你根本就像是玩具被拿走，在耍賴的孩子呀。」

「是啊，不好意思喔！可是呢！」

希洛動手發射了繩索發射器，前端的磁鐵以一紙之隔掠過迪歐的臉，吸住了其背後的垂直升降機機身。

迪歐不自覺安靜了下來。

希洛捲著繩索，輕輕地跳上了甲板。

他那身體能力還是那麼驚人。

（……這傢伙……）

要讓迪歐閉嘴，果然沒有人比得上希洛。

他無視在一旁咬牙切齒的迪歐，直直看向卡特爾。

「告訴我狀況……」

希洛以無比沉著冷靜的語氣這麼說——

（第七集待續）

後記

回頭看TV版影集，我發現到一件事。有畫特洛瓦．巴頓背影的鏡頭意外地少。感覺就好像在分鏡或是作畫時，當要設定成背後的視角，他就會對我們說：「想站在我的背後是你們的自由，但我可不保證不會出事。」他的背後充滿了拒絕他人的緊張感。明明沒看人，但就是會讓人覺得這樣，還真是奇妙。

特洛瓦總是不動聲色地走在那與瘋狂比鄰而居的危險鋼索上，但內心則是充滿著溫柔和堅毅。我認為這正是飾演特洛瓦的中原茂先生的功勞。中原先生是個為人高雅，待人處事圓融的紳士。他表現冷酷的語音，莫名給人正面而誠實的感覺。

我在第35集的後製錄音結束後，曾邀請他一起參與我們的酒會，還記得當時演技表現那樣冷靜的中原先生，竟笑容滿面地對我說：「哎呀，能回來真是太好了。我以為特洛瓦在第25集就算死了呢，真讓我鬆了一口氣。」兩者的反差讓我嚇了一大跳。當時因為某個配音演員接著說：「可是副標題的『五飛再現』還真是好笑呢。明明是固定班底，應該不能用『再現』吧？」令我感到大事不妙，眼睛一直不敢看向石野龍三先生。其實當時石野先生也是超過十集沒有出場了。接下來請看第七集的後記——

隅沢克之

新機動戰記鋼彈W
冰結的淚滴

6 悲嘆的夜曲（下）

作者　隅沢克之

插畫　あさぎ桜（角色繪製）
MORUGA（機械繪製）

機械設定　KATOKI HAJIME
石垣純哉

原案　矢立肇・富野由悠季

協力　中島幸治（SUNRISE）
高橋哲子（SUNRISE）

宣傳協力　BANDAI HOBBY事業部

顧問　富岡秀行

日版裝訂　KATOKI HAJIME

日版內文設計　土井敦史（天華堂noNPolicy）

日版編輯　角川書店
石脇剛
亀山篤史
財前智広
長嶋康枝
松本美浪

Kadokawa Light Novels

機動戰士鋼彈UC UNICORN 1~10（完）

作者：福井晴敏　插畫：安彥良和、虎哉孝征

在可能性的地平線彼端，衝擊性的發展——
嶄新的宇宙世紀神話，在此堂堂完結！

受「獨角獸鋼彈」導引的漫長旅途終於走到盡頭，巴納吉和米妮瓦總算到達「拉普拉斯之盒」所在地。他們意圖將真相傳達給大眾，然而假面之王弗爾・伏朗托再度阻擋在他們面前。如今，圍繞「盒子」的一切恩怨糾葛，即將面臨清算的時刻……

各 **NT$180~200/HK$50~55**

台湾角川

魔王勇者 1~5 完

作者：橙乃ままれ　插畫：toi8、水玉螢之丞

顛覆傳統小說公式！
魔王與勇者攜手挑戰社會結構！

是希望？還是絕望？

魔界與人界邁向最終決戰！而眾人心中的「山丘的彼方」，又將會是什麼樣的風景——？

魔王與勇者攜手同行的新世紀冒險譚，在此堂堂完結！

各 **NT$220~250/HK$60~70**

Kadokawa Light Novels

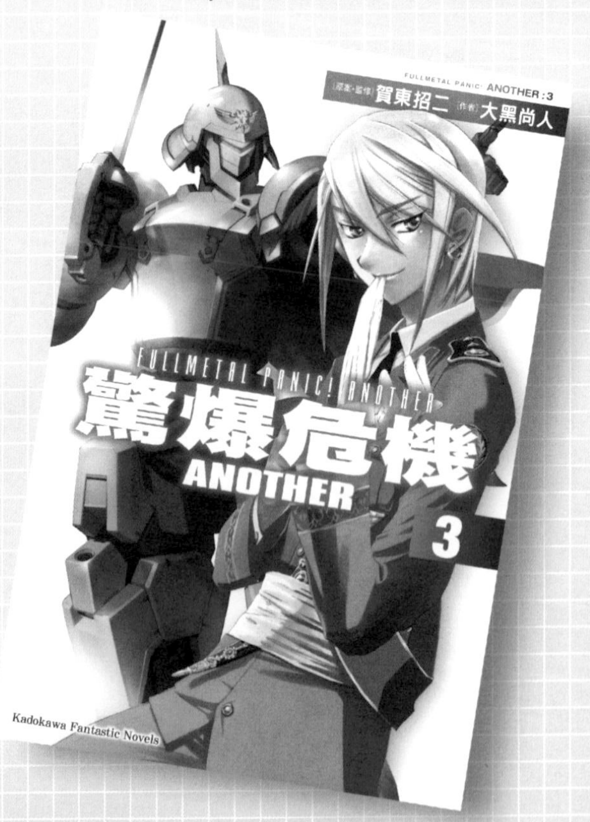

驚爆危機ANOTHER 1~3 待續

作者：大黑尚人　插畫：四季童子

電光石火般的SF軍事動作小說，
現在全力加速！

市之瀨達哉操縱著〈Blaze Raven〉擊退了來犯的恐怖分子。目睹到他身為AS操縱者的優異才能，雅德莉娜心中百感交集。而無視兩人之間的不安氣氛，以前曾在工作時吃過達哉苦頭的阿拉伯王子——約瑟夫竟出乎意料地來襲，向達哉發出決鬥宣言！

各NT$180/HK$50

台湾角川

蜥蜴王 1~4 待續

作者：入間人間　插畫：ブリキ

為了欺騙「神明」，成為「王者」，
我在此踏出了第一步。

少年石龍子積極地進行掌控剛失去教祖的新興宗教團體「中性之友會」。然而身為復仇對象的少女白鷺卻來到石龍子面前，目的竟是與他約會？「最強殺手」之一的蚯蚓將蛞蝓逼上絕境，不具超能力的蛞蝓拚命逃亡，卻碰上正在約會的少年少女……

各 NT$180~200/HK$50~55

台湾角川

Kadokawa Light Novels

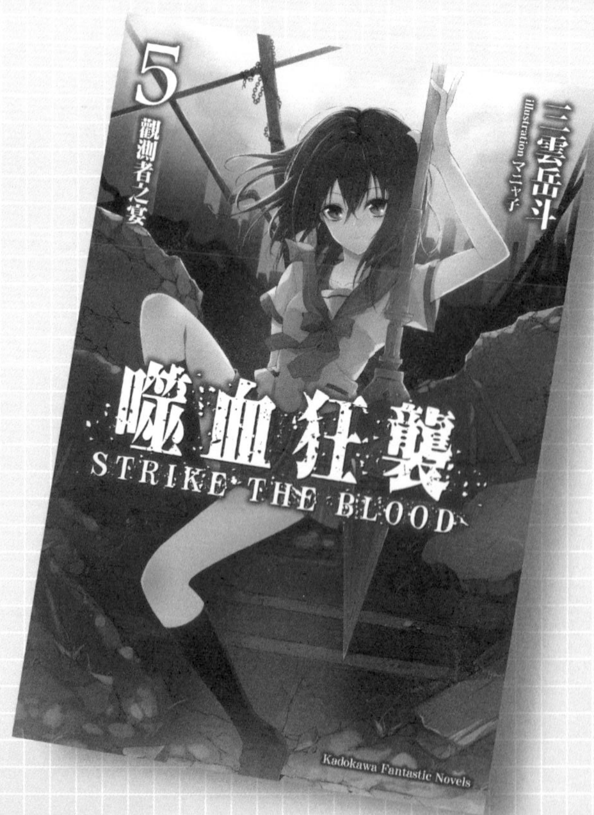

噬血狂襲 1~5 待續

作者：三雲岳斗　插畫：マニャ子

那月遭阿夜算計，外表變成了幼童!?
逃獄的魔導罪犯來襲，古城等人將如何應對？

仙都木阿夜和六名魔導罪犯成功自監獄結界逃脫了。他們的目的是抹殺「空隙魔女」南宮那月。那月遭阿夜算計被奪走魔力和記憶，外表變成了幼童。另一方面，為了拯救身負重傷的優麻，古城和雪菜來到ＭＡＲ的研究所。在那裡迎接他們的人物又是──!?

各 **NT$180~220/HK$50~60**

台灣角川

Kadokawa Light Novels

OVERLORD 1 待續

作者：丸山くがね　插畫：so-bin

大受歡迎的網路小說書籍化！
熱愛遊戲的青年化身最強骷髏大法師！

網路遊戲「YGGDRASIL」即將停止服務──但是不知為何，它成了即使過了結束時間，玩家角色依然不會登出的遊戲。其中的NPC甚至擁有自己的思想。和公會根據地一起穿越的最強魔法師「飛鼠」率領公會，展開前所未有的奇幻傳說！

台湾角川

NT$260/HK$75

Kadokawa Light Novels

逃離樂園島 1~2（完）

作者：土橋真二郎　插畫：ふゆの春秋

沖田取得了遊戲主導權，
逃脫遊戲終於要進入高潮！

利用他人的人與被利用的人、男生與女生，雙方的力量關係不斷浮上檯面，逃脫遊戲在這個狀況下持續進行著。對遊戲趨勢不滿而崛起的女生團體，諸多事件的爆發讓遊戲更加混亂，但「逃離」的條件依舊模糊不清……抓住最後勝利的人到底又會是誰？

各 **NT$180/HK$50**

台湾角川

Kadokawa Light Novels

不完全神性機關伊莉斯 1~2 待續

作者：細音 啓　插畫：カスカベアキラ

把伊莉斯交給我吧。
你根本沒能力扶持不完全神性機關！

好不容易撐過定期測驗，凪受班上同學之邀前往海邊。享受著海洋風情的眾人，在那裡認識了一位名叫莎拉的少女。備受眾人照顧的她，和凪獨處的時候卻忽然大叫「閉嘴，愚民」，並顯露出本性來——人企圖獲得伊莉斯的少女，其真正身分和目的究竟是!?

台灣角川

各NT$180/HK$50

Kadokawa Light Novels

黑色子彈 1~4 待續

作者：神崎紫電　插畫：鵜飼沙樹

防止原腸動物入侵的巨石碑提早一天崩塌，
東京地區命運全看自衛隊與民警的活躍！

不久的未來，人類敗給病毒性寄生生物「原腸動物」，被驅逐至狹窄的領土，帶著恐懼與絕望苟且偷生。居住於東京地區的少年里見蓮太郎是對抗原腸動物的專家「民警」成員，專門從事危險的工作。某天接獲政府的高度機密任務，內容是避免東京毀滅……

各 **NT$180~220/HK$50~60**

台湾角川

國家圖書館出版品預行編目(CIP)資料

新機動戰記鋼彈W冰結的淚滴. 5-6, 悲嘆的夜曲
/ 隅沢克之作 ; 王中龍譯.
-- 初版. -- 臺北市 : 臺灣角川, 2013.11 冊 ;
公分
譯自 : 新機動戦記ガンダムW フローズン・ティアドロップ. 5-6, 悲嘆の夜想曲
ISBN 978-986-325-695-3(上冊 :平裝). --
ISBN 978-986-325-725-7(下冊 :平裝)

861.57 102020335

Kadokawa
Fantastic
Novels

新機動戰記鋼彈W 冰結的淚滴 6
悲嘆的夜曲（下）

（原著名：新機動戦記ガンダムW フローズン・ティアドロップ 6 悲嘆の夜想曲（下））

2023年6月28日　二版第1刷發行

作　者：隅沢克之
插　畫：あさぎ桜、KATOKI HAJIME
原　案：矢立肇・富野由悠季
譯　者：王中龍

發 行 人：岩崎剛人
總 編 輯：蔡佩芬
主　　編：林秀儒
美術設計：黃永漢
印　　務：李明修（主任）、張加恩（主任）、張凱棋

發 行 所：台灣角川股份有限公司
地　　址：104台北市中山區松江路223號3樓
電　　話：（02）2515-3000
傳　　真：（02）2515-0033
網　　址：www.kadokawa.com.tw
劃撥帳戶：台灣角川股份有限公司
劃撥帳號：19487412
法律顧問：有澤法律事務所
製　　版：巨茂科技印刷有限公司
ISBN：978-986-325-725-7